KB273915

그 시절
우리가 사랑했던
장국영

그 시절 우리가 사랑했던 장국영
©2013, 주성철

초판 1쇄 인쇄 2013년 4월 1일
초판 6쇄 발행 2022년 8월 22일

지은이 주성철
펴낸이 유정연

이사 김귀분
기획편집 신성식 조현주 심설아 유리슬아 이가람 서옥수 **디자인** 안수진 기경란
마케팅 이승헌 반지영 박중혁 김예은 **제작** 임정호 **경영지원** 박소영

펴낸곳 흐름출판(주) **출판등록** 제313-2003-199호(2003년 5월 28일)
주소 서울시 마포구 월드컵북로5길 48-9(서교동)
전화 (02)325-4944 **팩스** (02)325-4945 **이메일** book@hbooks.co.kr
홈페이지 http://www.hbooks.co.kr **블로그** blog.naver.com/nextwave7
출력·인쇄·제본 (주)상지사 **용지** 월드페이퍼(주) **후가공** (주)이지앤비(특허 제10-1081185호)

ISBN 978-89-6596-067-6 03810

• 이 책 내용의 전부 또는 일부를 사용하려면 반드시 저작권자와 흐름출판의 서면 동의를 받아야 합니다.
• 흐름출판은 독자 여러분의 투고를 기다리고 있습니다. 원고가 있으신 분은 book@hbooks.co.kr로
  간단한 개요와 취지, 연락처 등을 보내주세요. 머뭇거리지 말고 문을 두드리세요.
• 파손된 책은 구입하신 서점에서 교환해 드리며 책값은 뒤표지에 있습니다.

그 시절
우리가 사랑했던

장국영

주성철 지음

흐름출판

벌써 10년이란 세월이 흘렀다. 제임스 딘과 함께 영원한 청춘으로 남을 이름 장국영. 반항적이지 않았던 그의 느닷없는 죽음. 그리고 스타의 죽음을 난도질해 기어이 망자의 뒷이야기를 파헤쳐 죽음마저 오락으로 만들었던 사람들. 이제 시간이 흘렀다. 좀 더 차분하게 그를 기억할 수 있는 시간이 된 것이다. 그리고 그 길잡이가 주성철이라면 안심하고 따라가 볼 만하다. 난 기꺼이 그와 함께 장국영을 추모하는 여행을 함께 하리라.

— **류승완** 영화감독 〈베를린〉

이 책을 읽는 내내 반복적으로 장국영이 부른 'A Thousand Dream of You'를 들었다. 활기와 불안, 우울과 정념, 그리고 밀레니엄과 새로운 체제로의 전환. 장국영과 홍콩은 그렇게 오랜 시간을 여전히 우리의 마음속에서 부유하는 것 같다. 주성철은 마치 고고학자처럼 이 골목, 저 기억의 먼지를 섬세하게 털어 그 떨리는 정서의 겹들을 우리에게 보여준다. 그래서 이 책은 정서과 감정의 인문서가 되었다.

— **변영주** 영화감독 〈화차〉

〈영웅본색〉을 보고 또 보며 유년기를 보냈던 내게 장국영은 홍콩영화 그 자체였다. 총격이 난무하는 그 거친 남자들의 화염 속에서, 그의 눈빛은 전혀 다른 감성으로 또렷이 각인됐다. 홍콩영화 전문가인 주성철 기자가 부지런히 발품을 팔고, 꼼꼼한 감성을 더해 장국영의 지난 시간들을 되돌아본다. 이 책은 장국영을 통해 다시 한 번 매만지게 되는, 홍콩영화를 향한 우리들의 기억의 습작이다. 그래서 더 반갑고 아련하게 느껴진다. 벌써 10년이 되었군요. 그립습니다. 장국영.

— **이용주** 영화감독 〈건축학개론〉

물론 어떤 사람은 이 책을 읽으면서 장국영을 떠올릴 것이다. 그러나 동시에 장국영과 함께 시작해서 그와 함께 4월 1일에 끝난 홍콩영화 포스트 뉴웨이브의 한 시대의 기록으로도 읽혀야 할 것이다. 종종 사적인 감정과 때로는 미처 알지 못했던 이야기들이 수없이 많은 페이지에 출몰하면서 오로지 홍콩영화에 진정으로 애정을 바쳤던 이만이 가능한 예민한 감수성으로 그 영화 제목들을 불러올 때, 당신은 '잠시 잊었던' 사랑 그리고 '지금 막 되찾은' 사랑을 느낄 수 있을 것이다. 그렇다. 이 책은 당신과 기억을 공유했던 이가 함께 음미하는 책이다. 그러니 부디 책을 읽기 전에 눈을 감고, 잠깐 우리 곁에 왔다가 떠나가기 전 미처 날개를 챙기지 못하고 창문 위로 날아가다가 그만 추락해버린 그 이름과, 그리고 그가 남겨놓은 영화 제목들을(적어도 10편) 소리 내어 불러보시길.

— **정성일** 영화평론가, 영화감독 〈카페 느와르〉

몇 해 전에 장국영의 발자취들을 따라서 홍콩에 간 적이 있다. 예상과 달리, 그때 이미 그의 흔적들은 옅게만 남아 있었다. 홍콩은 너무 쉽게 그를 잊은 듯했다. 하지만 장국영이 세상을 떠난 지 10년이 된 지금도 어떤 사람들은 그를 불현듯 떠올린다. 그러니까, 어떤 마지막은 영원히 되풀이되어 이야기될 것만 같다. 주성철 기자의 글은 늘 흥미롭다. 그게 홍콩영화와 관련된 글이면 더욱 그렇다(그가 중국어 혹은 광동어에 능통하지 않다는 사실이 도저히 믿기지 않는다). 그가 장국영에 대한 책을 썼다. 내가 홍콩으로 떠나기 전에 미리 읽었더라면 정말 좋았을 것 같은 얘기들로 가득하다.

— **이동진** 영화평론가

'장. 국. 영' 입안에 굴려 발음해본다. 그러면 그 순간 나의 철없고 부끄럽고 되바라진 십대가 밀려온다. 그가 먹던 초콜릿이, 그의 틀 잡힌 앞머리가, 그가 속옷 바람으로 춤추던 선풍기 돌아가던 작은 방이, 그리고 그의 긴 외투가 걸어가던 불빛으로 얼룩진 밤거리가 나를 앓게 했다. 열병이었다. 그리고 그는 사라졌다. 나의 십대를 완벽하게 고정시켜놓고 그는 더 늙지 않았다. 나의 십대 '장. 국. 영'.

— **이윤정 PD** 〈커피프린스 1호점〉

나는 주성철 기자의 책《홍콩에 두 번째 가게 된다면》에 한 번 추천사를 쓴 적이 있다. 그와 나는 일면식도 없다. 책과 잡지에 관련된 일로 전화와 이메일을 주고받았던 적이 전부다. 그는 이번에도 몇 년 만에 전화를 걸어, 이번엔 장국영에 관한 책을 낸다고 했다. 나는 '부지런한 친구군'이라 생각하고 또 흔쾌히 이번에도 추천사를 쓸 수 있을 것 같다고 했다. 한 번도 만난 적 없는 사람과의 이런 식의 관계가 쉽게 성립될 수 있었던 것은 그(그와 나는 동년배다)의 홍콩영화에 대한 글을 전부터 내가 너무 좋아하기 때문이다. 홍콩영화를 보던 어린 시절을 떠올리면 '그와 내가 홍콩 느와르에 엄청 빚진 게 많구나'라는 생각이 든다. 그리고 턱없이 기분이 몽글해지고 주 기자의 글이 가까운 친구와 나누는 대화처럼 느껴진다. 그리고 '그래. 그래. 맞아. 맞아'하는 중얼거림이 툭툭 튀어나온다. 알 만한 사람은 다 아는 눈치지만, 나는 10년째 '주성치 축구팀' 단장이고 최근엔 '견자단 핑퐁클럽'을 꾸렸다. 아직 나는 장국영에 관한 오마주는 해보지 못했다. 장국영은 홍콩영화의 필살기인데, 주 기자가 또 뭔가를 해낸 것이다.

— **김경주** 시인, 극작가

1999년 7월 21일, 장국영은 영화 〈성월동화〉를 홍보하기 위해 한국을 찾았다. 그리고 〈이소라의 프로포즈〉에 출연해 'A Thousand Dreams Of You'를 불렀다. 그 7월 21일을 영원히 잊을 수 없다.

당연히 인터뷰가 실릴 줄 알았던 영화 잡지 〈키노〉에서 그의 기사를 전혀 찾을 수 없었다. 마치 왕가위와 〈해피 투게더〉[1997]를 마지막으로 이별한 그를 버리려고 작정한 것 같았다. 그리고 나는 이듬해 2000년 4월 1일부터 〈키노〉로 출근하게 됐다. 혹시나 영화 홍보를 위해 방한하는 그를 만나지 않을까 기대했지만 더 이상 그의 영화는 극장에 걸리지 않았다.

그리고 2003년 4월 1일, 마치 오래전에 집을 나간 형제의 갑작스런 부고를 듣는 느낌이었다. 그리고 커다란 자괴감이 몰려오기 시작했다. 1999년 7월 21일 이후, 거의 4년 동안 그의 존재를 까맣게 잊고 지냈다는 사실을 뒤늦게 깨달았다. 그리고 〈키노〉도 그해 7월호를 끝으로 폐간됐다. 그렇게 나의 90년대가 끝났다.

뒤늦게 허안화 감독의 〈심플 라이프〉[2012]를 보다가, 장국영이 생각났다. 주인공 역을 맡은 유덕화는 어려서 가난하게 자라 유모와 생활한 경험이 없다. 그러나 장국영은 실제로 자신의 인생에 가장 큰 영향을 준 여자로 엄마가 아닌 유모를 꼽았었다. 그는 부모보다 유모와 더 많은 대화를 나눴고, 어린 시절 대부분의 시간을 함께했다. 이렇게 또 나는 훌륭한 연기를 보여준 유덕화의 자리에 장국영을 대입시키고 있었다.

장국영의 죽음이 안타까운 가장 큰 이유는 더 이상 그의 영화를 볼 수 없게 됐다는 것이다. 지금도 홍콩영화를 보면서 '장국영이 저 역할을 맡으면 더 잘 어울릴 텐데'라고 습관적으로 그를 떠올린다.

장국영의 10주기를 맞아 책을 쓰기로 결심하면서, 수많은 홍콩영화인들을 만났다. 그들은 안타까움 이상으로 '내가 그를 위해 뭔가 해주지 못했다'는 미안함을 가지고 있었다. 그의 죽음에 얼마간 자신의 잘못도 있다며 괴로워하기도 했다. 그만큼 장국영의 부재는 홍콩영화 안에서 그 무엇으로도 메울 수 없는 거대한 결핍이다. 나는 그것이 장국영이 죽은 후, 홍콩영화가 과거의 활력을 잃어버리며 올드 팬들의 추억 속으로 매장된 근본적인 이유라고 생각한다. 그래서 나는 '장국영'을 다시 꺼내 글로 남겨두고 싶었다. 그와 그의 영화를 통해 울고 웃었던 지난 날들을 더듬어 기록하는 작업은 또한 나와 내 주변을 되돌아보는 과정이었다.

영화 〈타임 투 리멤버〉1998에서 장국영이 연기한 공산당원 '진'이 질곡의 역사 속에서 자신의 처지를 한탄하며 '시사여귀'視死如歸라고 말하는 장면이 있다. 죽음을 고향에 돌아가는 것처럼 여긴다는 뜻이다.

이 책을 준비하며 나 역시 두 명의 지인을 고향으로 떠나보냈다. 먼저 2003년 당시 장국영의 부고 기사에 '결국 영화를 이긴 배우'라고 표현했던 〈필름2.0〉의 편집장 이지훈 선배가 2011년 6월 한창 왕성한 활동을 해야 할 40대 초반에 뇌종양으로 세상을 떴다. 1년 뒤 운명 같은 제안을 해준 흐름출판 박효진 편집자와 더불어, 책을 써야겠다는 결심을 하게 해준 장본인이나 다름없다.

다음은 〈키노〉 시절 담당 기자와 필자로 인연을 맺었던 류상욱 평론가다. 그는 2010년 4월 싱가포르의 한 병원에서 폐암 진단을 받았고 투병 생활 끝에 2013년 2월 세상을 떴다. 그가 한국에 머무르던 때, 이 책을 작업하느라 바빠서 결국 만나지 못했다는 사실에 심하게 흔들리기도 했다. 하지만 《류상욱의 익스트림 시네 다이어리》(이숲, 2012년)에서 암 투병 중임에도 '앞으로 내 능력이 닿는 데까지 쉬지 않고 리뷰를 쓰겠다'는 그의 다짐을 보면서 마음을 다잡았다. 다시 한 번 삼가 고인의 명복을 빈다.

그리고 장국영의 책이 나온다는 이유만으로 자신의 일처럼 도와준 김효남, 김선태 선배 덕분에 2003년 당시 홍콩 취재 사진을 쓸 수 있었다. 오래전 사진을 들춰준 〈씨네21〉 사진팀에도 감사의 인사를 드린다.

마지막으로 나는 그를 떠올리며 '모정'에서의 마지막 그날을 영원히 기억할 것이다. 진정으로 우리 모두 해피 투게더! — **주성철**

Contents

LESLIE CHEUNG

시작 始

기 도 하 고　　기 억 하 고　　기 록 하 다

처음부터
다시 시작하자

해피 투게더　春光乍洩: Happy Together, 1997

홍콩으로 떠나기 전날, 그의 영화 중 어떤 작품을 볼지 내내 고민했다. 결국 고른 것이 〈해피투게더〉. 이 영화는 주인공 보영장국영과 아휘양조위가 그들의 관계를 다시 시작하기 위해 지구 반대편 아르헨티나로 떠나서 겪는 이야기다. 이 영화를 선택한 이유는 여전히 장국영이 없는 홍콩을 마주하기 힘들었기 때문이다. 영화 속 보영처럼 그가 이국의 땅으로 떠났기에 홍콩에 잠시 부재할 뿐이라고 생각하고 싶었다. 그렇다면 조금은 마음 편히 홍콩을 돌아다닐 수 있을 거란 살아남은 자의 부질없는 착각.

더 이상 세상을 사랑할 수 없다

홍콩에 도착한 3월 27일, 계속 비가 왔다. 그가 '마음이 피곤하여 더 이상 세상을 사랑할 수 없다感情所困無心戀愛世'는 말을 남기고 투신자살한 2003년 4월 1일에도 비가 내렸다. 자신의 인생에서 허구의 삶을 연기한 시간이 더 많았을 배우의 자살은 언제나 풀기 힘든 수수께끼를 남긴다. 그의 '마지막들'을 찾아가 보면 조금이나마 그 답을 알 수 있을까. 자연스레 발걸음을 만다린오리엔탈호텔로 옮겼다.

2003년 4월 1일 오후 6시 41분 장국영은 만다린오리엔탈호텔에서 거짓말처럼 우리 곁을 떠났다

그의 죽음은 비극적이었다. 게다가 거짓말처럼 만우절이라니. 그는 세상이 자신의 죽음을 어떻게 받아들이길 바랐던 걸까. 신비神祕와 비감悲感마저 초월하는 죽음. 누구도 잊지 못하게 만들면서 동시에 기억하지 못하게 만드는 죽음. 그리하여 죽었으나 죽지 아니한 오직 하늘만이 허락한 죽음.

사시사철 비가 오는 홍콩은 공중회랑으로 곳곳을 연결해놓은 덕에, 공항철도의 종착지인 홍콩 역에서 만다린오리엔탈호텔까지 비를 맞지 않고 걸어서 도착할 수 있었다. 그런데 뭐랄까, 비를 맞지 않고 그곳까지 편안히 가는 것이 미안했다.

만다린오리엔탈호텔의 화려하지도 웅장하지도 않은 그 단아한 정육면체 외관이 장국영의 이미지와 묘하게 교차했다. 그 어디에서 사진을 찍어도 비슷하게 나오지만 잘 찍기가 힘들다. 쉬워 보이지만 까다롭다.

매년 4월 1일이 되면 호텔 정문 주위는 생전 그가 유난히 좋아했던 백합과 편지, 사진들로 발 디딜 틈이 없어진다. 아직은 며칠 전이라 그런지 호텔 앞이 썰렁했다. 직원에게 물었더니 팬들이 보낸 꽃과 선물들을 모아서 해마다 3월 31일 오전 10시부터 4월 1일 자정까지 전시한다고 한다. 그의 사진과 백합으로 가득한 호텔 정문을 보리라는 예상은 빗나갔지만 차라리 다행이었다. 다시 그날을 떠올리는 게 두려웠기 때문이다. 약속이 취소되길 간절히 바라는 순간 상대방으로부터 '다음에 보자'는 문자를 받았을 때와 같은 안도의 한숨이 나왔다.

그리고 나는 '마카오 스위트'가 있는 호텔 21층으로 올라갔다. 애초에 그럴 의도는 전혀 없었다. 그저 엘리베이터에서 누군가 내리고 문이 열리자 나도 모르게 몸을 실었을 뿐. 영락없이 배낭여행자 행색이었는데 다행히 아무도 제지하지 않았다. 마카오 스위트는 만다린오리엔탈호텔이 자랑하는 최고급 스위트룸이자, 장국영이 세상을 떠나는 날까지 투숙했던 곳이다. 그러니까 2003년 3월 31일, 저 방문을 열고 들어간 장국영은 다시 세상 밖으로 나오지 않았다. 마카오 스위트의 문은 이 세상과의 마지막 경계라고 할 수 있었다.

엄밀히 말하면 장국영이 묵었던 마카오 스위트는 이제 존재하지 않는다. 2006년 대대적인 리모델링 작업을 하면서 실제 장국영이 묵었던 24층 객실이 없어졌다. 그럼에도 마카오 스위트라고 쓰인 문패 앞에서 자리를 뜨기 힘들었다. '마카오'와 '스위트', 어울리지 않는 두 단어의 조합에 계속 시선이 머물렀다.

안에 누가 있을지 모르겠지만 괜히 초인종을 누르고 싶어졌다. 장국영이 웃으며 반길 것이라는 말도 안 되는 상상.

힘겹게 21층에서 내려왔다. 그리고 장국영이 종종 한가로이 애프터눈 티를 즐겼던 2층 '클리퍼 라운지'Clipper Lounge로 발걸음을 옮겼다. 역시 앉을 자리가 없었다. 직원이 나를 같은 층 맞은편에 있는 '카페 코셋'으로 안내했다. 하지만 그가 좋아했다던 창가 자리를 가만히 쳐다보다가 호텔을 나왔다. 장국영의 그림자를 찾아온 나에게 다른 곳은 아무 의미가 없었다. 아니, 솔직하게 말하자면 사람들이 웃고 떠드는 소리가 싫었다. 리모델링 이후 다시는 찾지 않는다고 말하는 사람이 있을 정도로 이곳은 변했다.

장국영이 죽은 2003년, 사스가 홍콩을 덮쳤다. 그래서 더 애처롭다. 그땐 도시 전체가 우울하고 조용했다. 표정도 말도 없는 침묵의 콘크리트 길바닥으로 장국영이 몸을 던졌다는 소식에 사람들은 이미 마스크로 가려진 입을 다시 손으로 가리며 울음을 터트렸다. 정적 속에 흐느끼는 소리만 울렸던 그날을 기억하는 사람들은 모두 어디로 간 걸까.

매년 4월 1일 팬들은 수많은 꽃다발로 그를 기린다

© 김선태

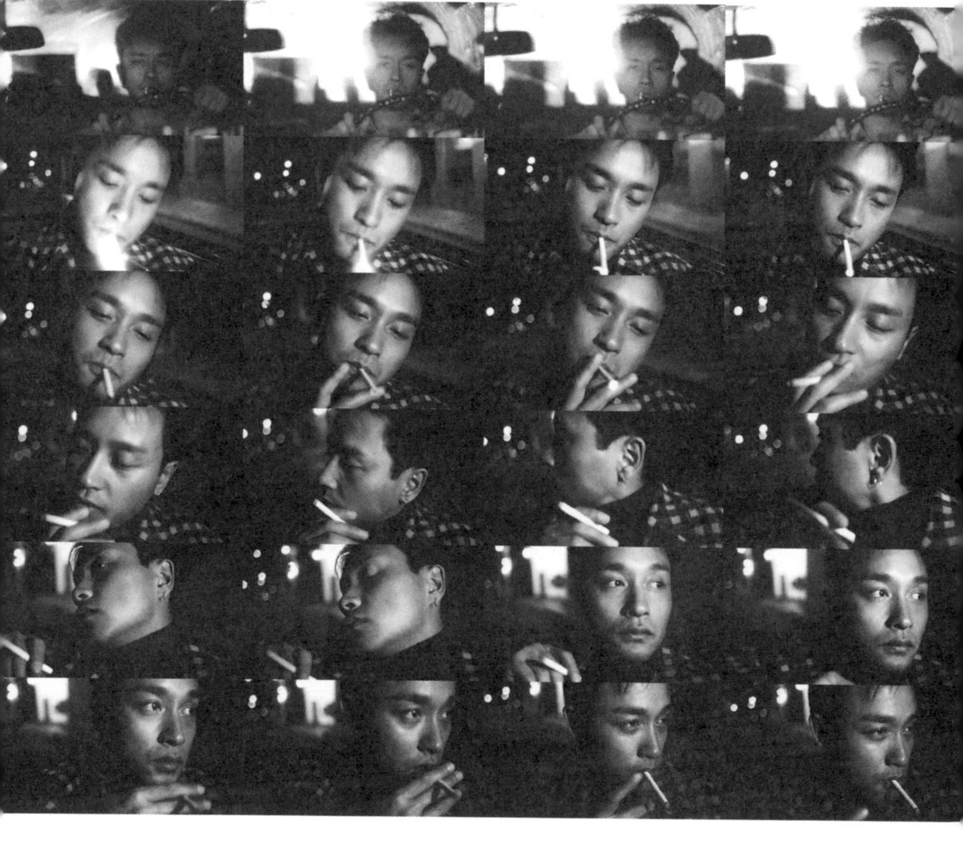

마지막 식사

3월 28일, 장국영이 마지막으로 식사를 한 레스토랑 '퓨전'을 방문했다. 그는 이곳에서 평소 시저 샐러드, 봉골레 파스타, 프라임 립, 해산물 수프 등을 즐겼다고 한다. 장국영 사망 1주기에 그 메뉴들을 특별 메뉴로 제공하기도 했다.

세상을 떠날 즈음의 그는 입맛도 기력도 없었다. 역류성 식도염 때문에 펩시 홍보 대사로 무대에 섰을 때 마이크를 잡지 못했다. 매염방의 콘서트에 게스트로 참석했지만 청중의 뜨거운 앵콜 요청도 마다했다. 장국영이 팬들의 성원을 등 뒤로 하고 그냥 무대를 내려가자, 객석에서는 수근대는 소리가 이어졌다. 매염방은 "여러분 죄송합니다. 레슬리가 몸이 많이 좋지 않아요"라고 대신 팬들을 달랬다. 그가 우울증 때문에 병원에서 정기적으로 상담을 받는다는 소문이 돌았다. 옐로우 저널들은 그가 무당을 찾아 귀신 쫓는 굿을 했다고도 떠들었다. 분명한 것은 당시 그의 몸과 마음이 망가지고 있었다는 사실이다.

몇 년 전 그가 죽던 날 함께 식사를 했던 막화병의 인터뷰가 공개되어 화제를 모으기도 했다. 홍콩의 유명 실내 인테리어 디자이너인 막화병은 사스를 걱정하고, 우울증과 자살에 대한 얘기를 꺼냈던 장국영을 몹시 걱정했다. 그는 아무래도 신경이 쓰여서 장국영의 누나인 장녹평에게 전화를 걸었다고 한다. 누나의 말에 따르면 장국영이 그날 저녁에 호텔 방에서 매니저 진숙분을 만나기로 했다고. 하지만 진숙분을 만나기도 전에 장국영은 생을 달리했다.

《필름 속을 걷다》(예담, 2007년)에 영화평론가 이동진이 장국영을 추억하며 퓨전 레스토랑을 찾은 에피소드가 실려 있다. 직원들의 얘기에 따르면 장국영은 그날 늦은 점심으로 등심 스테이크를 주문했다고 한다. 그는 평소 칼로 써는 요리를 즐겼던 사람이 아니었다. 그래서 마지막 메뉴 역시 수수께끼로 남았다. 뭔가 중요한 일이 있어 힘을 내려고 먹었던 것은 아닐까, 라고 생각하다 보니 그건 결국 '죽을 힘'이었다는 소리가 되었다. 레스토랑을 떠난지 불과 한두 시간 뒤에 그는 만다린오리엔탈호텔에서 몸을 던졌다.

코즈웨이베이에 있던 퓨전 레스토랑은 잠시 문을 닫았다가 지금은 성완으로 자리를 옮겼다. 장국영을 그리며 이곳을 찾았던 팬들에게는 역시 원래 코즈웨이베이에 있다가 다른 곳으로 이전한 〈아비정전〉의 퀸스카페가 사라진 것만큼이나 안타까운 일이었다. 나 역시 물어물어 성완의 퓨전 레스토랑을 찾아갔지만 안 가느니만 못했다는 생각이 들었다. 우선 도무지 찾기 힘든 곳에 자리한 빌딩, 그 빌딩 안에서도 꼭꼭 숨어 있는 위치에 질렸다. 마치 〈존 말코비치 되기〉에서 7과 1/2 층에 자리한 사무실을 찾는 기분이었다. 고생해서 찾아간 만큼 예전 모습 그대로였다면 좋으련만, 높은 천장에 격조 있던 레스토랑이 굉장히 평범한 식당으로 바뀌어 있었다. 여기가 바로 장국영이 사랑했던 그 '퓨전'이 맞는지 이것저것 물어보고픈 게 많았지만 변해버린 모습에 조용히 입을 닫았다.

스타가 없는 스타의 거리

3월 29일, 언제 비가 왔냐는 듯 날씨가 갰다. 장국영의 명판과 더불어 장국영 추모 기념전시물들을 보기 위해 침사추이에 있는 '스타의 거리'로 향했다. 스타의 거리에는 수많은 홍콩 스타들의 핸드 프린팅과 사인이 찍힌 별 모양의 명판이 바닥에 박혀 있다. 그런데 다른 스타들과 달리 장국영의 명판에는 핸드 프린팅이 없다. 그가 죽은 후에 조성된 거리이기 때문이다.

　　　　스타의 거리에 있는 숍 '키오스크'에서 장국영 관련 기념품들을 팔고 있었다. 가장 재미있는 건 여러 종류의 옷을 자유자재로 입혀볼 수 있는 장국영 종이인형 세트다. 장국영이 1999년부터 2000년에 걸쳐 무려 8개월 동안 중국, 말레이시아, 일본, 미국, 홍콩에서 진행한 콘서트인 '패션투어Passion Tour'에서 아이디어를 얻은 아이템이다. 패션투어는 〈아비정전〉과 〈해피투게더〉의 열렬한 팬이었던 디자이너 장 폴 고티에가 그를 위해 무대 의상을 디자인해준 것으로 화제였다. 장 폴 고티에가 스타를 위해 따로 의상을 디자인한 것은 마돈나와 장국영이 유일하다. 아무튼 당시 장국영이 붉은 립스틱에 하이힐, 장 폴 고티에가 디자인한 스커트를 입고 무대에 서자 수많은 언론들은 '장국영이 드디어 커밍아웃을 했다'고 호들갑을 떨기도 했다.

　　　　스타의 거리에 서서 그의 명판을 내려다보는데 주위가 시끄러워졌다. 중국 대륙에서 유덕화의 인기가 엄청나다는 얘기를 종종 들었는데, 아니나 다를까 단체 관광객들이 하나같이 유덕화의 손도장에 몰려들었던 것이다. 상대적으로 장국영의 명판이 쓸쓸해 보였다. 눈을 돌려 침사추이의 멋진 바다와 그 풍경을 뒤로 하고 펼쳐져 있는 그의 전시물들을 바라보았다.

스타의 거리에 있는 장국영의 명판

<table><tr><td>1</td><td>2</td></tr><tr><td>3</td><td>4</td></tr></table>

스타의 거리를 빠져나와 홍콩 최대 규모의 음반 매장인 HMV에 들렀다. 제법 큰 규모로 장국영 컬렉션이 마련돼 있었다. 장국영의 풋풋한 모습을 볼 수 있는 예전 TV 드라마 모음집을 집어 들었다. 호텔 방으로 돌아와서 그가 깨물어주고 싶을 만큼 어리고 귀여운 스님 역으로 등장한 〈사지성〉1981, 沙之城을 보며 한참을 웃었다. 그리고 그의 또 다른 TV 출연작인 〈완화세검록〉1979을 연달아 봤다. 그처럼 사극과 현대극을 오가며 절대적인 미美를 뽐낸 남자배우가 또 있을까 싶었다.

〈완화세검록〉에서 장국영이 연기한 주인공 방보아는 적의 공격으로 독에 당한다. 죽기 싫으면 복종하라는 적의 말에 방보아는 "죽으면 죽었지, 너에게 굴복하지는 않을 것이다"라며 도망치다가 결국 고통에 몸부림치며 절벽에서 뛰어내린다. 하지만 그는 기적적으로 목숨을 구했고, 세상 사람들이 알아보지 못하도록 변장을 하고 다닌다. 그리고 얼마 뒤 배신자 앞에 나타나 외친다. "내가 살아 있다고는 상상도 못 했겠지!"

엘비스 프레슬리, 이소룡, 마이클 잭슨 등 일찍 세상을 뜬 스타들이 사실은 정체를 숨기고 어딘가에서 살고 있다는 루머가 도는 것처럼, 그도 죽지 않은 게 아닐까 생각해 본 적이 있었다. 〈완화세검록〉에서 살아 돌아와 호탕하게 대사를 외치는 그를 보고 가슴이 먹먹해졌다. 원래 찾아가려고 계획한 곳이 있었지만 그냥 계속 방에 있기로 했다.

그날 그 노래를 같이 불렀더라면

3월 30일, 장국영이 마지막으로 살았던 집인 몽콕 까도리가 32A번지^{32A Kodoorie Avenue}를 찾았다. 톱스타가 살던 곳이라고 하기에는 지극히 평범해 보였다. 문득 영화 〈금지옥엽〉에서 샘장국영이 엘리베이터에 갇힌 장면이 떠올랐다. 고급 빌라임에도 심심찮게 엘리베이터가 고장 나서 샘은 분노했었다. "야! 이 개자식들아! 관리비를 4천 불이나 내는데 왜 만날 고장이야! 당장 문 열어. 난 엘리베이터에 갇히는 게 제일 싫어!"

까도리가는 파파라치 사진에 자주 등장했던 곳이다. 이곳 역시 4월 1일이 되면 온통 하얀 백합으로 물들어 있으리라. 이곳을 찾은 팬들은 '자기도 모르게 초인종을 누를 뻔 했다'거나 '누가 살고 있는지 궁금하다'고 늘 얘기한다. 바로 당학덕이 장국영이 사망한 2003년 이후에도 둘이 함께 키우던 애견 '빙고'와

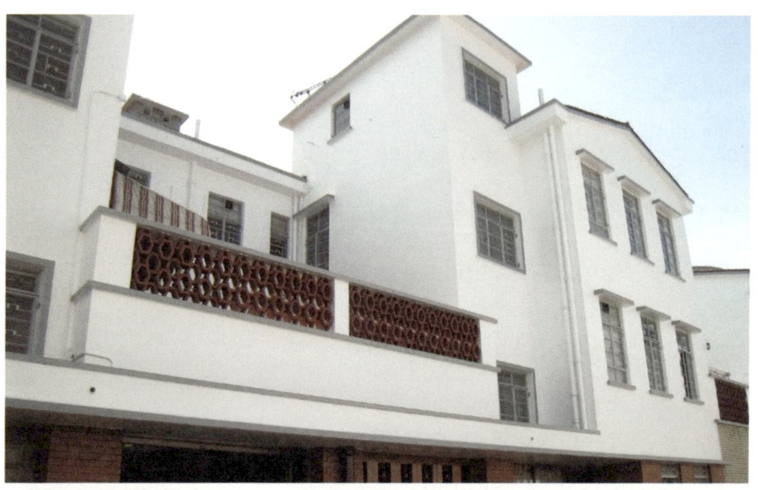

그의 마지막 집은 의외로 소박하고 평범했다

이곳에서 지냈다. 빙고는 장국영이 기른 세 번째 개로, 임청하가 장국영에게 선물했다. 그러고 보니 왠지 장국영은 고양이보다는 개와 어울린다는 생각이 스쳤다. 빙고와 함께 찍힌 장국영의 사진을 본 적 있다. 빙고는 장국영과 사진을 찍으며 귀찮다는 듯 계속 딴짓을 했다. 그의 곁에서 아무렇지도 않을 수 있는 '생물'은 지구상에서 빙고가 유일했을 것이다.

　　2011년 빙고가 죽은 뒤 당학덕은 몽콕을 떠났다. 동네 사람들의 말에 따르면, 그는 종종 밤마다 빙고를 데리고 산책을 했다고 한다. 장국영이 죽을 때까지 기르며 사랑했던 셰퍼트 빙고의 죽음으로 그 역시 진짜 장국영을 떠나보낸 것일까. 당학덕도 가고 빙고도 없으니 이제 나도 이곳에서 장국영을 떠올리는 일과 진정으로 작별해야 될 듯 싶다.

　　사진을 찍느라 주변을 돌아다녀도 사람 그림자 하나 볼 수 없었다. 무표정한 고양이 한 마리만 주변을 어슬렁거릴 뿐이었다. 얼마 후 여러 명의 홍콩 젊은이들이 눈에 들어왔다. 나이가 한참 어려 보여 어찌 이곳을 알고 왔는지 신기했다. 그러나 그들은 팬이 아니라 커다란 반사판을 들고 다니며 사진을 찍는 홈쇼핑 모델과 카메라맨이었다. 여기가 장국영이 살던 집이라는

장국영의 장례식장에서 비통한 표정의 주윤발

걸 아냐고 괜히 시비를 걸고 싶었다. 그러나 장국영이 생전 집에 큰 애착을 가지지 않았다는 사실이 떠올랐다. 그는 이사를 자주 다니는 것으로 유명했다. 토크쇼의 진행자가 왜 그렇게 이사를 자주 하냐고 질문을 던지자 그는 "친구나 사람에게는 애정이 많은데 집이나 물건에는 정이 안 간다"고 답했었다. 장국영은 친구나 가족들이 마음에 들어 하면 그 물건을 그냥 주는 사람이었다.

장국영은 한동안 홍콩의 한적한 부자 동네 리펄스베이Repulse Bay에 살았었다. 대문에서 집 건물까지 한참을 걸어가야 하는 호화저택이었다. 이후 다른 곳으로 이사했다가 2000년대 들어 홍콩에서도 번잡하기로 유명한 몽콕으로 거주지를 옮겼다. 어디에 살든 사람들의 눈에 띄거나 파파라치의 표적이 되기는 마찬가지라 굳이 은거하지 않고 살고 싶다고 했다. 게다가 언제나 친형처럼 모셨던 주윤발이 장국영을 걱정하며 몽콕으로 이사하기를 적극 권했다. 하지만 아이러니하게도 이사 후 그의 우울증은 더 심각해졌다.

주윤발과 장국영은 마치 큰형과 막내 동생 사이처럼 보이지만, 주윤발이 1955년생이라 사실 겨우 한 살 차이다. 장국영은 1989년 12월 콘서트 무대에서 '존경하는 선배이자 형님'

이라며 객석의 주윤발을 따로 소개하기도 했다. 그때 수줍어하던 주윤발의 표정이 아직도 잊히지 않는다.

더없이 부끄러워했던 '음치' 주윤발은 객석에서 노래를 제대로 따라 부르지도 못했을 것이다. 그야말로 어쩔 줄 몰라 하던 눈웃음 띤 얼굴과 장국영의 장례식장을 찾았을 때의 슬픈 얼굴이 겹쳐졌다. 주윤발은 마치 세상이 다 꺼진 듯한 표정으로 그 어떤 인터뷰에도 응하지 않았다. 사스 때문에 마스크를 쓰고 취재 나온 카메라맨들 앞에서 그는 심지어 마스크도 하지 않았다. 그날 무대에 올라 함께 '당년정'當年情을 불렀더라면, 후회하는 얼굴로.

965호실 695번

3월 31일, 장국영의 장례식이 치러졌던 쿼리베이의 홍콩빈의관殯儀館과 납골당인 샤틴 보복산寶福山을 찾았다. 빈의관은 장례식장이라고 할 수 있다. 홍콩빈의관은 노스포인트 역 혹은 쿼리베이 역에서 내리면 큰길 삼거리에 있어 찾기 쉽다. 이곳에서 한 블록 정도 더 가면 〈무간도〉의 옥상 장면을 촬영한 정부청사

건물이 있다. 2000년 4월 19일, 장국영은 매염방의 친언니인 매애방의 장례식에 참석하기 위해 이곳에 왔다. 그리고 3년 후, 그는 싸늘한 주검이 되어 다시 이곳으로 왔다.

영상으로 봤던 그의 장례식 풍경. 지금 이곳에서 일하는 사람이 한가롭게 기대고 있는 건물 기둥은 그날 백합으로 빼곡하게 둘러싸여 있었다. 당학덕은 주변 사람들의 부축을 받으며 서 있었고 주윤발, 종초홍, 양조위, 유가령, 홍금보 등 동료 배우들은 믿을 수 없다는 얼굴을 하고 있었다. 팬들 역시 이 일대를 에워싸고 눈물로 그를 보냈다.

샤틴 보복산은 조그만 동산 하나로 이뤄진 거대한 납골당이다. 보복산으로 가려면 샤틴 역에서 내려 표지판을 따라 10분 정도 걸어야 한다. 워낙 많은 사람들이 찾는 곳인지라 입구부터 납골당이 있는 곳까지 가는 엘리베이터가 설치돼 있다. 장국영의 위패가 있는 곳은 보선당寶禪堂 965호실 695번이다. 헷갈리기 쉬운 그 숫자의 조합이 '만우절의 죽음'이라는 어감 만큼이나 묘하게 다가왔다.

965호실에 들어서니 한가운데 그의 사진이 눈에 들어왔다. 바로 장례식장에서 걸려 있던 영정 사진이었다. 홍콩에서

1 장국영과 그의 친우들의 위패가 안치되어 있는 보복산 965호실
2 장국영의 장례식날 풍경
3 장례식장을 빠져나오는 그의 운구차

1
2 3

장국영의 위패를 모신 곳이 이곳만은 아니다. 그의 가족들이 다소 조촐하게 마련한 해피밸리의 동연각원도 있다. 동연각원은 은밀한 분위기라 사진 촬영을 하기 곤란하지만, 이곳은 팬들이 자유롭게 찾아와 사진도 찍으며 그를 추억할 수 있다.

장국영을 잘 모르는 사람이라면 그의 왼쪽에 나란히 있는 두 사람이 누구인지 궁금할 것이다. 그의 위패는 생전 특별한 친분을 나누었던 나문, 심전하와 함께 마치 가족처럼 사이좋게 모셔져 있다.

1945년생 나문은 '광동팝의 아버지'라 불리는 인물이다. 알란탐, 장국영이 등장하기 전인 1970년대에 화려한 의상과 무대 매너로 홍콩 대중음악계를 사로잡았던 가수다. 당시 모든 음악상을 독식한 것은 물론, 홍콩 가수로는 최초로 런던의 로얄 알버트홀과 뉴욕의 카네기홀에 올랐다.

나문은 무대에서 여장을 하거나 잡지에 누드 사진을 싣는 등 당시로선 파격적인 시도를 하기도 했다. 장국영은 데뷔 초에 나문의 창법이나 스타일을 모방했다는 비난을 받기도 했다. 그러나 이후 장국영은 자기만의 색을 찾았으며, 두 사람은 나이를 초월한 우정을 나눴다.

　　우리에게 나문은 구창모의 '희나리'를 광동어로 번안한 '기허풍우'幾許風雨라는 노래를 부른 가수로 알려져 있다(이 곡은 〈영웅본색〉의 삽입곡으로 쓰였다). 1996년 은퇴했고, 2002년 10월 18일 암으로 사망했다. 그로부터 5개월 뒤 장국영도 세상을 떴다. 그리고 같은 해 12월 30일 매염방이 죽었다. 매염방의 죽음을 두고 다들 4월 1일의 충격이 컸던 탓이라고 했지만, 사실 나문이 죽은 뒤 장국영이 죽기까지의 시간이 그보다 더 짧다. 나문의 죽음 역시 장국영에게 큰 충격을 주었을 것이다.

　　나문과 장국영 사이에 자리한 심전하는 홍콩의 코미디언이자 여배우였다. 나문과 동갑으로 '페이페이'라는 애칭으로 불렸다. 늘 똑같은 헤어스타일에 검은 뿔테 안경을 쓴 특유의 뚱보 캐릭터로 유명했다. 또한 토크쇼 진행자로 엄청난 인기를 누렸으니 '홍콩의 오프라 윈프리' 정도로 생각하면 될 듯하다. 그녀의 전 남편이 바로 〈초류향〉 시리즈로 유명한 정소추다.

　　그녀는 2008년 2월 19일 오랜 투병 끝에 세상을 떴다. 그녀의 유해는 캐나다 몬트리올에 있지만 정소추 사이에 낳은 딸 정흔의가 어머니의 신위를 이곳에 모시고 싶다고 하여 장국영의 이웃이 되었다.

2008년 5월 나문과 장국영 사이에 위패를 안치하던 날, 정흔의를 비롯한 나문과 장국영의 유족 그리고 장국영의 매니저 진숙분이 참석했다. 장국영의 옆자리를 탐낸 사람들이 어디 한둘이었을까. 하지만 유족들 모두 흔쾌히 합의했다고 하니 생전 이 세 사람의 친분이 어느 정도였는지 짐작할 수 있을 것이다.

사실 965호실을 찾는 동안 살짝 울적했었는데, 막상 세 사람이 나란히 있는 사진을 보고 마음이 따뜻해졌다. 저 세상에서 나문은 여전히 멋진 모습으로 후배 가수 장국영에게 진지한 조언을 해줄 것이고, 심전하 역시 저 장난기 많은 밝은 얼굴로 장국영을 시도 때도 없이 웃겨주고 있을 거라 믿는다.

그리고 4월 1일

그날이다. 나는 성완의 할리우드로드에 있는 만모 사원文武廟에서 그를 위해 기도하기로 했다. 경건한 마음으로 최대한 조용하게 이날을 보낼 수 있는 방법이 그것이라 생각했다. 사실 만모 사원은 매우 작은 규모라 그리 오래 머물 수 없다. 그래서 트램을 타고(왠지 이날은 지하철을 타고 싶지 않았다) 만모 사원을 가

완차이에 있는 캐피탈 카페의 외관과 내부

는 길 중간에 완차이와 애드미럴티에서 한 번씩 내려 그와 관련된 곳들을 찾아보기로 했다.

완차이에는 그의 사진과 사인이 걸려 있는 차찬탱(홍콩식 분식점) '캐피탈 카페'華星冰室가 있다. 왁자지껄한 소음으로 가득한 그곳에는 장국영 외에도 수많은 연예인들의 사진과 사인을 볼 수 있다. 무척이나 느끼한 프렌치 토스트에 햄과 계란 후라이까지 올라간 마카로니 스프를 먹으며 장국영의 사진을 한참이나 바라보았다. 장국영이라고 해서 특별한 자리를 마련해 놓지는 않았다. 누군지도 모를 신인들의 틈바구니 속에 그의 사진이 요즘도 활동하는 연예인인양 시침 뚝 떼고 걸려 있었다. 캐피탈 카페의 그런 무심함이 오히려 굉장한 배려처럼 느껴졌다.

캐피탈 카페를 나와 다시 트램을 타고 애드미럴티역에서 내렸다. 온통 빨간색인 센트럴 역 내부와 대조적으로 파란색 타일의 실내가 인상적인 이곳은 영화 〈연분〉의 마지막 장면에 등장한다.

1985년 TV 시리즈 〈무림세가〉에서 풋풋한 모습으로 처음 만난 장국영과 장만옥이 이후 영화로 멋지게 조우한 세 작품을 꼽는다면 〈연분〉[1984], 〈아비정전〉[1990], 〈동사서독〉[1994]이다.

金鐘
Admiralty

영화 〈연분〉 폴(장국영)은 사랑하는 모니카(장만옥)와의 연분을 증명하기 위해 애드미럴티 역을 헤맨다

뒤의 두 영화와 달리 〈연분〉에서는 장국영이 장만옥에게 매달린다. 두 남자 사이에서 고민하는 모니카[장만옥]는 폴[장국영]에게 "이 넓은 지하철 역 안에서 막차가 끊기기 전에 다시 만난다면 우리 둘의 연분은 확실하다"며 "그럼 그때 다시 시작하자"고 한다. 떠나는 모니카를 잡지 못했던 폴은 애타게 애드미럴티 역 안을 헤매고, 이미 떠났던 모니카는 다시 애드미럴티 역으로 돌아온다. 그러나 서로 계속 엇갈린다. 연분이 끝났다고 포기할 때쯤 기적적으로 두 사람은 재회한다.

　　　　장국영과 어울리는 색이 늘 빨간색이나 검은색, 혹은 흰색이었기에 애드미럴티 역의 파란색은 유독 기억에 남았다. 이 영화를 보면 알겠지만 수많은 지하철 역이 나온다. 그렇게 둘은 얼마나 망설이고 또 망설였을까.

　　　　마지막으로 성완에서 내려 할리우드로드를 따라 만모 사원으로 향했다. 할리우드로드는 〈연지구〉와 〈시티 보이즈〉 그리고 〈유성어〉를 촬영한 곳이라 장국영을 추억하는 길로도 손색이 없다.

　　　　만모 사원은 오래된 도교 사원으로 1847년 건립되었다. 무신 관우[關羽]와 문필을 관장하는 성인 문창제[文昌帝]를 모시는

©김선태

더 이상 세상을 사랑할 수 없어 떠나버린 장국영

잊으려고 노력할수록 더욱 선명하게 기억난다.
그녀는 전에 늘 말했었다.
갖지 못하더라도 잊지는 말자고.

- 영화 <동사서독>, 구양봉의 대사 중에서

작은 규모의 사원이다. 무신 관우는 액을 쫓는 신이며, 문창제는 관리의 수호신으로 유명하다. 복을 빌기 위해 이곳을 찾는 사람들로 항상 붐비다 보니 늘 소용돌이 모양의 선향線香이 타고 있어 연기가 자욱하다.

사원에는 기부자의 이름과 소원을 적은 종이가 붙어 있는데, 보통 선향 하나의 길이가 약 8미터로 모두 타려면 5일 정도 걸린다. 장국영은 이곳에서 당학덕과의 영원한 우정을 기원하며 선향을 달아놓았다. 그 순간만큼은 아름다운 미래를 꿈꾸며 평온한 마음이었을 터. 이곳의 관우상 앞 청룡언월도를 쓰다듬으며 소원을 빌면 이뤄진다는 말이 있다. 장국영 역시 당학덕과의 우정뿐만 아니라 자신의 오랜 꿈인 영화 감독 데뷔가 이뤄지길 간절히 기도하며 청룡언월도를 쓰다듬지 않았을까. 슬프게도 그 어느 것도 이뤄지지 않았지만.

사람들이 계속 들어오고 나가며 저마다 소원을 빌었다. 이곳에서 일하는 아저씨들은 고개 한 번 들지 않고 그저 하루 종일 바닥에 떨어진 재를 치웠다. 이곳에 있으니 시간이 어떻게 흘러가는지 알 수 없었다. 그렇게 세상과 단절된 채 4월 1일을 보냈다.

　　나는 문득 그에 대한 글을 써야겠다는 생각을 했다. 그의 소망을 담고 퍼져 나갔을 선향 냄새를 맡으며 그의 시작과 끝, 그가 남겨 놓은 흔적들을 하나하나 찾아 어루만지고 싶어졌다. 한 번도 생전의 그를 만난 적이 없지만, 그와 내가 영화를 통해 대화했던 시간들을 더듬어 그의 이야기를 남겨야겠다고 결심했다. 이 책은 그렇게 시작됐다.

ESLIE CHEUNG

소년 幼

떠 난 뒤 에 야 사 랑 을 깨 닫 다

난 전에 그랬었지
내가 정말 사랑한 여인이 누군지
평생 모를 거라고
지금 그녀가 그립군

아비정전 阿飛正傳: Days Of Being Wild, 1990

장국영의 죽음 이후 사람들이 영화 〈아비정전〉을 많이 떠올렸다. 영화 속에서 아비^{장국영}는 "내가 정말 궁금했던 게 내 삶의 마지막 장면이었어. 그래서 난 눈을 뜨고 죽을 거야"라는 아비다운 말을 남기고 숨을 거둔다. 아비의 죽음 이후 영화의 막바지에 어두운 건물의 쇠문 사이로 밤 9시 45분을 가리키는 하얀색 시계가 보인다. 좁은 입구에 어울리지 않는 커다란 시계. 그 시계가 이렇게 말하는 것 같다. "아비가 죽고 없어도 여전히 시간은 흘러간다. 아무 일도 없다는 듯이."

〈아비정전〉에서 가장 인상적인 소품은 바로 시계다. "내 시계를 1분만 같이 봐요"라는 아비의 권유를 수리진^{장만옥}은 이기지 못한다. 벽에 걸린 시계의 초침이 2시 59분에서 3시로 향한다. "1960년 4월 16일 오후 3시, 우린 1분 동안 같이 있었어. 난 그 1분을 기억할 거야. 우린 이제 친구야. 이건 당신이 부정할 수 없는 사실이야. 이미 지나간 과거이니까." 아비와 수리진의 사랑은 '1분'으로 시작된다.

이 기념비적 장면 외에도 영화 곳곳에서 인상적인 시계를 발견할 수 있다. 수리진이 일하고 있는 체육관 매점, 퀸스카페 그리고 수리진과 경찰^{유덕화}이 함께 걷다가 발견하는 건물에

〈아비정전〉에 등장한 실제 시계

도 둥그런 시계가 등장한다. 시계를 통해 〈아비정전〉은 지나가버린 시간의 노스탤지어를 짙게 드러낸다.

실제로 그 시계는 영화 속 체육관이 아닌 센트럴에 있는 중국은행 건물의 주차 진입로에 걸려 있다. 세월이 흘러 입구에는 빨간색 주차 차단봉이 생겼다. 그 탓에 고즈넉한 멋스러움이 사라졌다. 오직 시계만이 예전 모습 그대로다. 홍콩의 랜드마크라 할 수 있는 여러 유명 빌딩의 멋진 시계탑이 아니라, 황후상광장에서도 꽤 후미진 곳에 있는 시계를 어떻게 찾았을까. 그저 이곳을 드나드는 사람들만 볼 수 있는 지극히 평범한 시계, 어쩌면 왕가위는 그게 진짜 세상의 시간이라고 말하려 했던 것일지도 모르겠다.

바라만 봐도 좋은 사람

아비의 시간은 언제나 결핍과 고통으로 채워졌다. 그것은 자신이 입양아이며, 친어머니에게서 버려졌다는 사실에서 기인한 것이다. 아비는 친어머니에 대해 가르쳐주지 않는 계모와 다툰다. "그렇게 친엄마를 찾고 싶어? 그 여자를 찾고 나면 나를 금방 잊어버리겠지. 그래 실컷 미워하거라. 그럼 적어도 나를 잊지는 못할 테니.”

　　　멀리 다른 테이블에는 아비의 친구^{장학우}와 여자친구 미미^{유가령}가 있다. 미미는 크레이븐^{CRAVEN} 담배로 한쪽 눈을 가린 채 다투는 모자를 바라본다. 담배곽에 검은 고양이가 그려져 있다. 아비와 헤어진 후 이별의 상실감으로 뒤늦게 담배를 배운 수리진^{장만옥}도 크레이븐 담배를 피웠다.

　　　일명 ‘고양이 담배’로 불리는 영국 담배 크레이븐은 2005년에 북한과 합작, 평양에서도 생산되었다. 북한에서 대표적인 뇌물 수단으로도 통용된다나 뭐라나. 영국으로 여행을 갔을 때 나는 담배도 못 피우면서 그것을 사서 피웠다.

　　　소설 〈상하이 폭스트롯〉 등으로 유명한 상하이 출신 작가 목시영은 아예 이 담배 이름을 따서 〈크레이븐 에이〉라는 소설을 썼다. 이야기는 한 남자가 카바레에서 말없이 크레이븐 담배를 피우는 한 여인을 응시하는 것으로 시작한다. 1930년대 중국 신감각파의 대표 작가였던 목시영은 ‘그 순수하고 그윽한 냄새가 재즈 음악 속에서 천천히 피어오르는’ 정경을 감각적으로 묘사한다. 비흡연자에 가까운 나는 솔직히 담배 맛이 그러했는지 잘 느끼지 못했다. 다만 크레이븐 담배를 통해 상하이 출신인 왕가위 감독이 여배우들에게 마치 그 소설에 묘사된 것과 같은 신여성의 이미지를 투영하려고 한 것은 아닐까, 하는 생각을 했을 뿐.

다시 〈아비정전〉으로 돌아와서, 아비는 결국 생모를 찾기 위해 필리핀으로 떠나려 한다. 그리고 '퀸스 카페'에서 친구에게 그 얘기를 꺼낸다. 친구는 걱정을 하지만 아비는 그 몽롱하고 나른한 표정으로 카페 천장을 바라볼 뿐이다. 그가 이전의 영화에서 보여주지 않았던 적막한 순간이다. 발 없는 새 아비는 퀸스 카페에서 하늘을 나는 꿈을 꾼다. 보이지 않는 하늘을 상상하면서.

〈화양연화〉와 〈2046〉에 등장한 '골드 핀치 레스토랑'이 지금도 같은 자리에서 영업 중인 반면, 퀸스 카페는 2000년대 들어 문을 닫았다. 장국영을 추억할 수 있는 장소들이 하나둘 사라지는 것을 아쉬워하던 차에 퀸스 카페가 홍콩 여러 곳에 지점을 내며 영업을 재개했다는 소식을 들었다. 노스포인트와 카우룽통에 지점을 열었고, 뒤늦게 코즈웨이베이 '리 씨어터' 건물 13층에도 생겼다. 노스포인트 지점이 바로 영화 속 퀸스 카페와 가

1 영화에 나온 퀸스 카페 입구
2 현재 퀸스 카페(노스포인트 지점)의 입구
3 영화에 나온 공중전화 부스
4 현재 퀸스 카페 내부에 있는 공중전화 부스

1 2
3 4

57

장 닮았다. 창가의 커튼 느낌이 비슷한데다 장국영, 장만옥, 장학우, 왕가위 등이 사인을 한 〈아비정전〉 포스터 액자가 걸려 있다. 또한 수리진장만옥과 경찰유덕화이 만나던 캐슬 로드의 공중전화 부스와 똑같이 생긴 부스를 이곳에서 볼 수 있다. 가장 중요한 것은 바로 카페 입구의 '퀸스 카페' 문양이다. 'Queens Cafe' 글씨가 닳아서 페인트칠이 벗겨진 것까지 영화 속 모습 그대로다.

나는 원래 과거 퀸스 카페가 있던 곳과 그리 멀지 않은 리 씨어터의 퀸스 카페에 더 큰 기대를 가졌다. 그러나 직접 눈으로 본 리 씨어터 지점은 완전히 오픈된 구조에, 코즈웨이베이에 있다는 것만 빼면 영화 속 분위기를 전혀 느낄 수 없었다. 게다가 평일 오후에 찾은 탓인지 손님이 아무도 없었다. 여러모로 실망하며 식사를 하고 있는데 낯익은 얼굴이 눈에 들어왔다. 바로 이인항 감독이었다. 그는 장국영의 1999년 출연작인 〈성월동화〉를 연출했다.

퀸스 카페와 이인항 감독. 어딘가 어울리지 않는 조합이긴 했지만 그래서 더 운명처럼 느껴졌다. 몇 년 전, 별 생각 없이 만다린오리엔탈호텔에 들렀다가 장국영의 절친 '관지림'을 만났던 때와 똑같이 가슴이 뛰었다. 반가운 마음에 인사를 건넸다. 우리 둘 말고는 손님이 없으니 퀸스 카페를 전세 내어 단독 인터뷰를 진행하는 기분이었다. 그가 〈삼국지: 용의 부활〉2008 홍보 차 방한했을 때 인터뷰를 한 적이 있지만, 나를 알아볼 리 만무했다. 그래서 "예전에 서로 장철 감독을 너무 좋아해서 그에 대한 얘기만 잔뜩 나눴던 인터뷰를 기억나시나요?"라고 물었더니 웃으면서 기억이 난다고 답해주었다. 이후 이런저런 얘기를 자연스럽게 나누었다. (사실 나는 영어 실력이 짧아 버벅거렸다)

　　　그 역시 〈아비정전〉의 퀸스 카페를 알고 있었으며, 장국영에 대한 자신의 얘기를 들려줬다. "나는 영화 〈금연자〉나 〈복수〉를 만든 장철 감독을 좋아했고, 감독이 된 후에도 액션영화에만 매진했습니다. 가장 호흡이 잘 맞는 배우도 역시 〈파이터 블루〉와 〈삼국지: 용의 부활〉의 유덕화라고 생각하고 있지요. 그래서 〈성월동화〉의 연출을 맡았을 때 과연 내가 '장국영과 호흡을 잘 맞출 수 있을까' 걱정하는 시선이 많았습니다. 하지만 그와의 작업을 통해 오히려 이전과는 다른 감성적인 영화를 만들 수 있는 기회를 얻었습니다. 나는 원래 빠른 편집을 선호하는 사람인데, 장국영은 그저 바라보기만 해도 좋은 사람이었죠. 그래서 별로 컷을 나누지 않았습니다. 카메라가 계속 장국영을 바라보게 했지요. 실제로 많은 사람들이 〈성월동화〉가 내 필모그래피에서 제일 튄다고 말합니다.(웃음) 당시 장국영은 있는 그대로의 모습을 보여주고 싶어 해서 거의 '생얼'로 나왔습니다. 종종 면도도 안 한 얼굴에 머리도 만지지 않고 촬영장에 나타났지요. 뭔가 인위적으로 꾸미는 것에 싫증난 사람 같았습니다."

숨어 있는 아이

장국영이 결핍된 모성으로 인해 상처 입은 청년을 연기한 것은 〈아비정전〉보다 담가명 감독의 〈열화청춘〉[1982]이 먼저다. 〈열화청춘〉은 웃통을 벗고 흰 바지만 입은 루이스[장국영]가 침대에 누워 라디오 방송을 듣는 장면으로 시작한다.

"죄송한 말씀을 드립니다. 저는 10년 동안 진행해 왔던 이 프로그램을 일신상의 이유로 그만두게 되었습니다. 아시다시피 저는 베토벤 5번 교향곡을 좋아합니다. 마지막으로 이 곡을 들려드리며, 제 남편과 아들 그리고 팬 여러분께 고별인사를 드립니다." 작별을 고하는 DJ는 바로 루이스의 어머니로, 하나뿐인 아들 루이스를 남겨 두고 2년 전에 세상을 떠났다. 루이스는 녹음해둔 어머니의 마지막 방송을 듣고 또 듣는다.

영화처럼 부모님이 일찍 돌아가시거나, 그를 버린 것은 아니지만 현실의 장국영 역시 따뜻한 부모의 사랑을 받고 자란 기억이 거의 없었다. 1956년 9월 12일, 원숭이 띠에 처녀자리로 태어난 그는 부모가 과연 자식들 이름이나 다 외울까 싶은, 무려 10남매 중 막내였다. 원래부터 조용한 성격이라 평소 가족들은 그가 있는지 없는지조차 모르는 경우가 많았다고 한다. 훗날 장국영은 그런 자신을 두고 가족 안에서 '숨어 있기 좋은 위치'였다고 말했다. "조금은 이상한 아이였다. 아이 같지 않았고, 말도 별로 없어서 사람들의 주의를 끌지 못했다."

그가 어렸을 때 그의 셋째 형, 넷째 누나 그리고 바로 위 아홉째 형이 세상을 떴다. 그래서 실제로는 7남매라고 할 수 있는데, 공교롭게도 죽은 아홉째 형과 그의 생일이 같았다. 그래서 가족들은 언제나 죽은 형이 환생하여 장국영이 태어났다고 여겼다. 형의 그림자에 가려진 그는 가족의 관심과 사랑을 제대로 느끼지 못했을 것이다. 심지어 나이차도 커서 형제들과 어울려 놀지도 못했다. 제일 큰 누나와 나이차가 무려 18살이고, 가장 가까운 여덟째 형과도 여덟 살이나 차이가 났다. 그는 형제들 틈에서 섬처럼 지냈다. 심지어 그의 부모는 또래 아이들과 어떤 놀이를 하며 노는지 보면 그 집안 수준을 알 수 있다고 생각했다. 그래서 막내 아들인 장국영이 수준 낮은 집의 아이로 보이기 원치 않았기 때문에 친구들과 어울리는 것도 싫어했다고 한다. 오직 유모만이 그의 말상대가 되어주었다. "나의 어린 시절은 정말 즐겁지 않았다. 만약 나에게 어린 시절 즐거웠던 일을 기억해내라고 한다면, 정말 그 어떤 것도 떠오르지 않는다."

꼬마 장국영이 집에서 별 존재감 없이 자랐다는 게 상상하기 힘들겠지만, 정말로 그가 영국으로 유학가기 전까지 해맑게 웃는 얼굴로 찍은 사진을 발견하기란 여간 어려운 일이 아니다.

장국영은 해피밸리의 산중턱에 있는 로즈리힐스쿨 Rosaryhill School 을 다녔다. 〈동사서독〉에 함께 나왔던 양가휘가 바로 그의 후배다. 즉 동사양가휘와 서독장국영이 동창인 셈이다. 나는 한여름인 8월에 로즈리힐 스쿨을 찾은 적이 있다. 땀을 뻘뻘 흘리며 학교 건물까지 올라갔더니 주차장에 스쿨버스 서너 대가 자리를 지키고 있을 뿐, 여름방학이라 그랬는지 학생들은 보이지 않았다. 교문이 살짝 열려 있어 조심스레 들어가봤는데, 수위 아저씨가 무

1 장국영의 모교인 로즈리힐스쿨
2 장국영이 좋아했던 배우 레슬리 하워드

1
—
2

표정한 얼굴로 부채질만 할 뿐이었다. 한참 학교를 둘러보고 나서야 수위 아저씨가 무심할 수 있었던 이유를 알았다. 정말 아무것도 없었다. 알림판도 없고, 벽에 그 흔한 낙서 하나 없었다. 장국영은 참 심심한 학창 시절을 보냈을 것 같았다.

어쨌든 장국영은 모교 로즈리힐스쿨을 평생 기억했다. 이곳을 2년도 채 다니지 않은 상태에서 영국으로 유학을 떠났고, 홍콩으로 돌아와서는 다른 학교에서 졸업을 했기에 사실 이곳을 모교라고 하기에 좀 무리가 있었다. 하지만 그는 연예인이 된 이후에도 '로즐리 인'으로서 개교기념 행사나 기금 행사에 꼬박꼬박 참석했을 만큼 이곳에 대한 애정이 깊었다.

서극 감독의 〈대삼원〉1996에서 성당 신부님 역할을 맡은 장국영이 자신을 조직원으로 오해하고 어디 소속이냐고 묻는 건달에게 '프란시스 자비에르'라고 답하는 장면이 있다. 프란시스 자비에르는 바로 로즈리힐스쿨의 설립자 이름이다. 우연의 일치라기 보다는 장국영이 일부러 넣은 것일 듯하다.

프란시스 자비에르 신부는 장국영이 세상을 뜬 뒤에 그를 추억하는 글을 남겼다. 그 글에 따르면 장국영은 '바비'라는 애칭으로 불렸으며, 학교에서 꽤 인기 많은 학생이었다. 말수는 적었지만 운동을 잘 했는데, 특히 배드민턴 실력이 뛰어났다고. 아마도 그가 반바지를 입고 배드민턴을 치고 있으면, 수많은 여학생들이 그를 구경하느라 시간 가는 줄 몰랐을 것이다.

장국영이 로즈리힐스쿨을 떠나 영국 유학을 다녀온 것은 중요한 전환점이 됐다. 섬유를 전공한 것과 무관하게 영국에서 비로소 음악에 눈을 떴기 때문이다. 만약 그가 영국으로 떠나지 않았다면 우리들은 그를 만날 수 없었을 것이다.

영국에서 장국영은 친척이 운영하는 레스토랑에서 아르바이트로 노래를 부르며 음악에 대한 사랑을 키웠다. 그리고 영화 〈바람과 함께 사라지다〉에서 스칼렛 ^{비비안 리}이 짝사랑하는 애슐리 역의 '레슬리 하워드'를 좋아하여 레슬리 ^{Leslie} 라는 영어 이름도 지었다. 중성적인 이름이라 마음에 들었다고 한다. 나 역시 〈바람과 함께 사라지다〉를 여러 번 봤지만 클라크 게이블이나 비비안 리만 알았지, 레슬리 하워드의 존재에 눈을 뜬 것은 장국영 때문이었다. 확실히 장국영은 어려서부터 자기만의 사람 보는 눈 혹은 독특한 심미안이 있었다.

떠난 뒤에 깨닫다

장국영은 그가 유학을 가는 데 뒤에서 어머니가 큰 힘을 보탰다는 사실을 안타깝게도 어머니가 돌아가신 후, 삼촌에게서 얘기를 듣고 알게 되었다. 그전까지 그는 가업을 이어받길 원했던 아버지 덕분이라고 알고 있었다. 모자 사이에 아무리 대화가 없었기로서니 그런 얘기까지 어머니가 돌아가신 다음에야 다른 사람의 입을 빌어 안단 말인가.

1988년에 장국영은 어머니와 반년 정도 함께 살게 된다. 하지만 연예계 생활을 시작한 이후 계속 혼자 사는 것이 익숙했던 데다, 원래 애틋한 정이라고는 없었던 모자 사이에 어색함만 맴돌았다. "갑자기 함께 살게 되니 무척 낯설었다. 거리감을 줄이고자 노력했고 되도록 정신적 교류를 가져보려고 시도했지만, 난 여전히 어머니에게 돈과 물질적인 것들 외에 해드릴 수 있는 게 없었다. 어머니 또한 나와 함께 사는 것이 결코 기쁘시지 않았던 것 같다."

당시 그의 어머니는 아버지와의 관계가 틀어지면서 깊은 우울증에 시달렸다. 장국영은 그 상처를 달래줄 방법이 없었다. 어머니를 위해 아무것도 할 수 없다는 자괴감은 어떤 식으로

든 당시의 장국영에게 큰 영향을 미쳤을 것이다.

〈열화청춘〉의 루이스장국영는 일본 음악을 좋아하는 청년이기에, 어머니와 사이가 좋았다고 하더라도 그녀가 진행하는 클래식 방송을 듣지 않았을 것이다. 어쩌면 미안한 마음에 루이스는 어머니의 마지막 방송을 듣고 또 듣는지도 모른다. 녹음 테이프로 남은 어머니의 흔적을 고이고이 어루만지며 '어머니에게 조금만 더 잘 할 걸' 매일 후회하는 것이다.

실제로 장국영은 돌아가신 어머니를 떠올리며 이런 말을 했다. "어머니가 돌아가신 후 많은 일들이 생각났다. 그러나 어떤 기억이 남았는지보다 어머니가 존재했다는 사실 그 자체가 중요하다. 나를 낳아주신 것은 물론이고 기뻤던 일, 슬펐던 일, 그 밖에 많은 일들이 모두 어머니로부터 시작되었다. 그래서 나는 어머니에게 매우 감사드린다."

방황하는 청춘

〈열화청춘〉과 〈아비정전〉이 닮은 데는 이유가 있다. 바로 〈열화청춘〉의 담가명 감독이 왕가위 감독의 가장 절친한 선배이자 스승이기 때문이다. 담가명의 〈최후승리〉1987는 왕가위와 함께 시나리오를 쓴 영화로, 왕가위가 '〈열혈남아〉1987와 한 짝을 이루는 작품'이라고 말하기도 했다.

왕가위의 오랜 파트너인 크리스토퍼 도일 촬영감독과 장숙평 미술감독 모두 담가명이 왕가위에게 소개해준 사람들이다. 또한 〈열화청춘〉의 조감독은 이후 장국영과 함께 〈연지구〉를 작업한 관금붕 감독이다. 즉, 영화 〈열화청춘〉은 장국영이라는 배우의 거대한 세계로 들어가는 숨은 입구라고 할 수 있다.

2002년에 처음 한국을 찾은 담가명과의 인터뷰를 통해 흥미로운 이야기들을 들을 수 있었다. 나는 그에게 데뷔 작품인 〈명검〉1980의 정소추와 두 번째 영화 〈애살〉1981의 임청하와 비교해, 거의 신인이나 다름없었던 장국영을 〈열화청춘〉의 주인공을 캐스팅한 것은 모험이 아니었냐고 질문을 던졌다.

"장국영의 이전 작품이나 고정관념에 얽매이기보다는 내가 눈여겨본 그의 장점을 정확하게 포착해서 가능성과 감각을 최대한 끌어내려고 했습니다. 장국영은 당시 영화에 출연한 경험이 별로 없었습니다. 그의 개인적인 혼란스러움이 영화에 반영되길 원했지요. 〈열화청춘〉의 영어 제목이자, 영화에 등장하는

열화청춘 烈火靑春: Nomad, 1982

배의 이름인 '노매드Nomad'가 부재하는 어머니와 소통불능인 아버지 사이에서 공허한 표정을 지닌 루이스의 캐릭터와도 맞아떨어졌습니다."

그리고 담가명은 〈열화청춘〉의 마지막에 대해 깊은 아쉬움을 표했다. '당시 홍콩 젊은이들이 무슨 생각을 하고 사는지 궁금했고, 그것을 있는 그대로 그리고 싶었다'던 그는 마지막 장면을 바닷가가 아닌 노매드 호에서 찍으려 했다. 그러나 제작비가 이미 바닥이 나서 어쩔 수 없었다고. 그의 바람대로 촬영을 할 수 있었더라면 장국영은 더 깊은 연기를 펼칠 수 있었을 것이다. 하지만 장국영의 내면 연기는 이후 왕가위와 관금붕의 몫이 됐다.

○

담가명이 편집한 단 두 편의 왕가위 영화가 〈아비정전〉과 〈동사서독〉이다. 〈아비정전〉처럼 장국영을 중심에 놓고 펼쳐지는 인물들의 이야기인 〈동사서독〉을 조화롭게 편집하기 위해 왕가위가 다시 담가명에게 도움을 청했던 것. 〈아비정전〉과 〈동사서독〉은 인물 구도가 상당히 유사하다. 즉 장국영의 집으로 양조위, 장만옥 등 사람들이 찾아와 머무르고 말없이 떠나갔다가 잊지 못해 돌아온다. 이것을 보면 왕가위라는 거대한 집의 주인이 바로 장국영이라는 것을 알 수 있다.

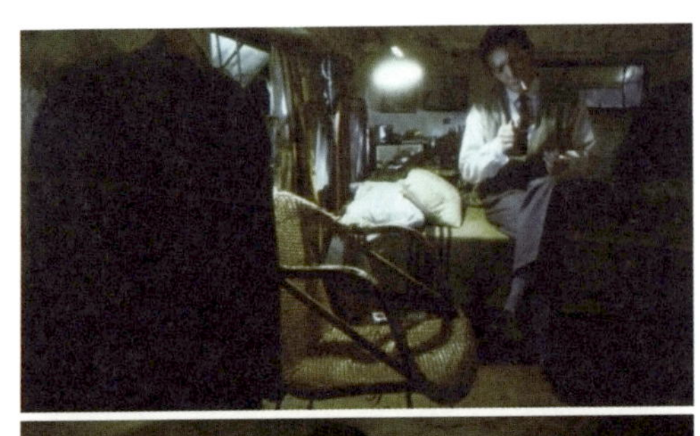

〈아비정전〉의 마지막에 등장한 도박꾼(양조위)

담가명은 역시 자신이 직접 편집한 〈아비정전〉의 마지막 장면도 많이 아쉽다며 이야기를 이어갔다. 〈아비정전〉은 뜬금없이 등장한 도박꾼^{양조위}의 롱테이크신으로 마무리돼 많은 궁금증을 남겼다.

"당시 양조위 분량을 꽤 많이 찍었습니다. 말이 많았던 마지막 장면의 경우에도 도박꾼의 이야기와 아비의 이야기를 한데 녹이려고 했지요. 하지만 막상 찍고 나서 보니 '도박꾼이 없어도 되지 않나'라는 생각이 들었습니다. 그래서 왕가위와 나는 통째로 빼버리려고 했는데 계약상 양조위가 등장하는 장면이 꼭 있어야 했습니다. 그 부분을 들어내면 계약 위반이었죠. 고민을 하다가 마지막에 넣기로 했습니다. 그때만 해도 〈아비정전〉의 속편을 만들 계획이 있었기 때문에 나름 느낌이 괜찮아 보였지요. 결국 속편을 만들지 못했지만."

또한 〈아비정전〉을 편집하면서 다시 만난 장국영에 대해 '전혀 다른 배우가 돼 있었다'고 기억했다. "나는 처음에 왕가위가 주인공으로 장국영을 내세우는 것에 의문이었습니다. 왕가위는 유덕화, 장학우와 전작 〈열혈남아〉에서 멋지게 호흡을 맞추었죠. 그리고 내가 앞서 연출한 〈살수호접몽〉을 보고 양조위를

ⓒ씨네21

꽤 눈여겨 보고 있었습니다. 장국영은 그때까지만 해도 가수로 더 유명했고 배우라기보다는 스타에 가까웠습니다. 그러니 왕가위가 유덕화, 장학우, 양조위를 제치고 그를 주인공으로 선택한 게 이상할 수밖에요. 그런데 영화를 보면서 저는 장국영의 모습에 완전히 넋이 나갔습니다. 왕가위가 왜 그에게 매혹됐는지 알 것만 같았습니다."

아비의 비밀

담가명의 인터뷰를 통해 〈아비정전〉의 라스트신에 대한 숨은 사연을 알 수 있었지만 여전히 풀리지 않은 수수께끼가 남았다. 그것은 주인공 '아비'장국영였다. 정말 생모에 대한 그리움만으로 저렇게 비뚤어진걸까.

1961년 4월 12일, 아비는 친어머니를 만나기 위해 필리핀까지 찾아오지만 그녀는 아들을 만나주지 않는다. 아비는 어머니가 그렇게 나온다면 자기도 얼굴을 보여주지 않겠다며 저택을 떠난다. 화면은 핸드헬드로 촬영한 쓸쓸한 아비의 뒷모습을 천천히 보여준다. 이 장면을 두고 왕가위는 이렇게 말했다. "날고 싶어 하지만 너무나 지쳐버린 새의 느낌을 주고 싶었다."

흥미로운 것은 왕가위가 아비에게 보여주지 않았던 친어머니의 얼굴을 관객에게 보여준다는 사실이다. 그녀는 나이가 들었지만 기품 있는 필리핀 여자로 보인다. 왜 아들을 버렸는지 정확히 드러나지 않지만, 어쨌건 아비가 '혼혈'이라는 사실을 알 수 있다.

영화 속 배경인 1960년대, 2차 세계대전을 거치며 태어난 수많은 혼혈들은 남자건 여자건 주로 유흥계에 종사했다. 아비의 성격적 장애에는 어머니의 부재와 더불어 혼혈이라는 태생적 핸디캡이 바탕에 깔려 있었던 것이다.

그렇다면 아비의 계모는 아비와 싸우고 아무리 화가 나도 그를 업신여기거나 혼혈이라는 말을 입에 담지 않은 착한 사람이다. 어려서 남다른 외모의 아비를 친구들이 놀렸을지는 모르겠지만, 계모가 계속 친어머니 행세를 했으니 표면적으로는 드러나지 않았을 터.

나는 계모에게 애틋한 마음이 들었다. 테라스에서 계모의 마지막 모습을 정면 쇼트로 아름답고 우아하게 담아낸 카메라의 정조 역시 바로 이 때문이리라. 누구나 다 있지 않은가. 연인과 밑바닥까지 드러내며 싸우는 순간에도 예의 때문이건 자존심 때문이건 결코 건드리지 않는 그 무엇. 그녀는 아비에게 온전한 사랑을 주지 않았어도 마지막까지 예의를 지켰다.

아비의 생모 역시 같은 마음이 아니었을까. 아비가 필리핀의 집으로 찾아왔을 때 그녀는 모습을 드러내지 않았다. 자신이 버린 아들이라고 해도 분명 어떻게 자랐는지 궁금하지 않을 리 없다. 그러나 그녀는 아들을 위해서 숨을 수밖에 없었을 것이다. 나이가 들어 〈아비정전〉을 다시 보니 그녀의 마음이 이해가 됐다. 아비의 친어머니를 연기한 '티타 무노즈'는 필리핀의 유명 배우였다. 공교롭게도 2009년 4월 11일, 그러니까 4월 1일로부터 열흘 뒤에 80세의 나이로 세상을 떴다. (무엇이든 필사적으로 장국영과 운명적 고리를 만들고픈 팬심이 반영됐음을 인정한다)

그리고 이어서 떠오르는 인물이 있다. 영화 초반 아비에게 흠씬 두들겨 맞았던 계모의 연하 남자친구. 화가 난 아비는 그를 망치로 위협하며 다시는 계모를 만나지 말라고 윽박지르다 결국 망치로 세면기를 부셔버린다. 그의 이름은 '다닐로 안툰스'로, 〈아비정전〉 이외에 전혀 출연정보를 찾을 수 없는 외국계 '혼혈' 배우다.

세상에 발 없는 새가 있다더군.
날아다니다가 지치면 바람 속에서 쉰대.
딱 한 번 땅에 내려앉는데
그건 바로 죽을 때지.

- 영화 <아비정전>, 아비의 대사 중에서

　　나는 아비가 망치로 때려 없애고자 했던 것이 다른 누구도 아닌 아비 자신이라고 생각한다. 그저 제비라는 이유만으로 엄마가 좋아하는 남자친구를 멸시하듯 망치로 위협하며 폭력을 행사하지는 않았을 것이다. 아비는 그에게서 부정하고 싶은 자신의 출생, 혹은 그처럼 제비로 살아가게 될 지도 모를 자신의 미래를 본 것이다.

　　왕가위의 전작인 〈열혈남아〉1987에서 소화유덕화와 창파장학우는 심한 괴롭힘을 당한다. 구룡반도 서쪽 시골 티우갱렝의 촌놈들이 홍콩의 '시내'인 몽콕으로 나와서 설치기 때문이었다. 이 영화에서 장만옥은 외딴 란타우 섬에 사는 시골여자로 나오는데, 그녀는 〈아비정전〉에서도 '홍콩에 가면 트램을 타는 게 좋았다'고 순진하게 말하는 마카오 출신의 수리진을 연기했다. 이처럼 왕가위의 초기 작품들에서 핵심적인 정서를 이루는 것은 외지인 혹은 이방인의 쓸쓸함이었다. 그리고 장국영은 왕가위 감독과의 작업을 통해 허무하고 고독한 인생의 표상이 되었다.

　　〈아비정전〉의 '발 없는 새'는 이탈로 칼비노Italo Calvino의 소설 《나무 위의 남작》을 연상시킨다. 주인공 코지모는 열두 살이 되던 해 나무로 올라가 죽을 때까지 그 위에서 살기로 결심한다. 아비를 휘감은 외로움의 근원이 '어머니와 결핍'이라면, 코지모가 나무 위에서 평생 살기로 결심한 것은 '아버지와 환멸' 때문이다. 코지모는 권위적이고 시대착오적인 아버지로 상징되는 귀족 사회에 맞선 것이다.

죽을 때 비로소 땅으로 내려앉는 발 없는 새처럼 코지모 역시 죽고 나서야 나무 아래로 내려왔다. 코지모의 비문에는 이런 글이 쓰여졌다. "나무 위에서 살았고, 땅을 사랑했으며, 하늘로 올라갔노라" 아비의 삶도 그러했다.

따뜻한 환상

장국영과 그의 어머니 관계를 떠올릴 때, 그의 출연작 중 판타지로 여겨질 만큼 모자관계가 애틋한 영화가 있다. 〈아비정전〉처럼 1960년대를 배경으로 한 유국창 감독의 〈시티 보이즈〉[1992]다. 불량청소년의 비행을 단속하는 남강 반장[향화강]의 활약상을 그린 작품으로, 장국영은 여기서 불량청소년들의 우두머리 격인 '아비'로 나온다. (이 당시 장국영은 이미 30대 중반이었다.) 이름은 〈아비정전〉의 아비와 똑같지만 나이도, 성격도, 환경도 어느

〈시티 보이즈〉에 나온 사탕수수 쥬스 가게, 공리진료죽자수

구석 하나 공통점을 찾을 수 없다.

〈시티 보이즈〉는 강직한 성격으로 경찰들 사이에서 따돌림을 받던 남강 반장이 불량청소년 패거리의 리더 아비^{장국영}를 만나면서 이야기가 시작된다. 아비과 그의 친구들은 사탕수수 쥬스 가게에 모여 하릴 없이 시간을 보낸다. 실제 촬영지는 성완에 있는 사탕수수 쥬스^{蔗汁} 가게 '공리진료죽자수'다.

공리진료죽자수를 방문했을 때 가게 입구, 벽의 타일, 판매대 옆의 액자까지 영화 속 모습 그대로 남아 있어 너무나 반가웠다. 장국영이 출연한 영화의 촬영지를 꽤나 찾아갔지만 그 중에서 지금까지 원형 그대로 유지하고 있는 곳은 이곳이 거의 유일하다.

아비에게는 여자친구 아민^{주혜민}이 있다. 두 사람이 아비의 방에서 거칠게 키스를 나눌 때 빚쟁이들에게 쫓기는 아비의 엄마^{엽덕한}가 들이닥친다. 아들 옆에 여자가 있는데 이름도 묻지도 않고 다짜고짜 "누가 날 찾거든 무조건 없다고 해. 암튼 재밌게 놀아"라고 말하고는 다른 방으로 사라진다. 빚쟁이들이 집으로 몰려오자 아비는 늘상 겪는 일이라는 듯 그들을 줄 세워 돈을 주고 돌려보낸다. 〈시티 보이즈〉의 아비는 〈아비정전〉의 아비와 달리 사고친 엄마가 진 빚을 갚아주는 착한 아들이다.

한바탕 소란이 지나간 후 숨어 있던 엄마가 다시 나타난다. 그제야 아들의 여자 친구를 알아보고는 또 손을 내민다. "손님이 왔으면 저녁 대접이라도 해야지. 먹을 것 좀 사오게 돈 좀 줘."

이렇게 못말리는 엄마이지만 장국영의 모든 영화를 통틀어 가장 애틋하고 정감어린 엄마 캐릭터이기도 하다. 몰려온 빚쟁이들 때문에 온몸에 붉은 페인트를 뒤집어쓰고도 "마작해서 몇 판 따면 그만이야. 돈 걱정은 하지 마"라며 큰 소리치는 대책 없는 엄마, 그런 엄마를 욕하면서도 수건에 물을 적셔 닦아주는 아비의 모습이 따뜻하기 그지없다.

아비의 엄마로 나온 엽덕한은 실제 장국영이 존경했던 가수이자 배우다. 장국영이 부른 '명성'은 엽덕한의 노래를 다시 부른 것이다. 매염방도 2003년 자신의 마지막 콘서트에서 '명성'을 불렀다. 2012년 홍콩 금상장 시상식에서 엽덕한은 오랜만에 '명성'을 불렀다. 혹시라도 노래를 부르며 잠깐이나마 장국영을 떠올렸을까.

실제 장국영은 엄마와 말다툼이라도 한 번 해보긴 했을까. 〈시티 보이즈〉를 찍으며 매일 뒤치다꺼리나 해야 하는 사고뭉치라도 이런 살가운 엄마가 있었으면 좋겠다고 생각한 적은 없었을까.

어머니를 잃고 아버지가 되다

한 인터뷰에서 장국영은 돌아가신 어머니에 대해 이렇게 이야기했다. "마지막까지 온 힘을 다했기에 후회는 없다. 나는 인因과 연緣을 믿는다. 어머니가 돌아가시기 몇 년 전, 우리는 비로소 서로가 필요하다는 사실을 깨달았다. 하지만 이미 늦었었다. 마지막까지 아름다운 어머니와 아들의 관계를 실현할 수 없었다. 어머니와 나 사이의 숙명을 바꾸지 못했다. 방법이 없었다."

무언가를 깨닫는 순간은 언제나 때를 지나친 다음이다. 기회는 항상 뒷통수를 보여준다. 사람이 어리석은 이유는 제일 간절할 때 가장 소홀하기 때문이다. 평생 느껴보지 못했던 어머니의 사랑 그리고 그녀의 죽음은 장국영에게 치유할 수 없는 상실감을 안겼을지도 모른다.

　　어머니가 돌아가신 뒤 그가 출연한 영화는 생애 처음으로 마음 따스한 아버지 역을 맡은 〈유성어〉[1999]다. 어쩌면 현실의 결핍을 채우고자 안간힘을 쓴 게 아니었을까. 〈유성어〉 이후 출연 작품에서 그가 환히 웃는 얼굴을 쉬이 볼 수 없었다.

ESLIE CHEUNG

추억 追

다른 사람, 다른 기억, 같은 마음
영원히 당신을 기억하겠소

조천, 좋은 사람이 되시오
영원히 당신을 기억하겠소

천녀유혼 倩女幽魂 : A Chinese Ghost Story, 1987

목욕통에 몰래 숨어 있는 영채신[장국영]을 다른 요괴들이 알아챌까봐, 그의 입을 자신의 입으로 막으며 다시 물속으로 밀어 넣던 섭소천[왕조현]의 뒤태는 그야말로 황홀했다. 그녀가 옷을 풀어헤치며 물속으로 천천히 하강하는 장면을 보면서 부끄럽게도 '장국영은 왕조현의 가슴을 봤겠지?'라는 생각을 하기도 했다. 세월이 흘러, 〈천녀유혼〉 제작 과정에 관한 기사를 읽고 20년 전의 진실을 알게 된 나는 배신감을 느꼈다. 그 황홀한 장면에서 사실 왕조현은 등이 깊게 파인 수영복을 입고 있었다고 한다. 지금 생각하면 그때의 내가 한없이 부끄럽고 민망한 기억이다.

왕조현의 입욕신이 아니더라도 〈천녀유혼〉은 당시 정말 충격적인 작품이었다. 홍콩 사극영화란 무릇 〈사형도수〉나 〈취권〉처럼 무술을 하거나, 귀신들이 청나라 복장을 걸치고 콩콩 뛰어다니던 강시 영화가 전부인줄 알았던 사람들에게 그제껏 보지 못한 감성이었다. 그리고 〈천녀유혼〉에서 장국영과 왕조현은 그야말로 '비주얼 쇼크'였다. 남학생들에게 장국영은 애증의 대상이었다. 〈영웅본색〉에서 형을 이해하지 못하는 철없는 동생이라며 비난했지만, 사실 대부분은 그의 우월한 미모를 향한 질투심이었다.

장국영은 〈천녀유혼〉에서 용감무쌍하게 적들을 물리치고 여자를 구해내는 영웅이 아니었다. 싸움이라고는 한 번도 안 해봤을 법한 모범생에, 위기 때마다 소천의 도움을 받아야 했다. 말간 얼굴에 순진한 눈빛으로 보호 본능을 자극하는 그는 '아뵤~' 괴성을 지르며 쌍절곤을 휘두르는 이소룡, 술에 취해 흐느적대며 무술을 하는 성룡, 혹은 쌍권총을 갈겨대는 주윤발이나 유덕화처럼 흉내낼 게 없었다. 한 마디로 그저 바라보는 것 말고는 어찌할 수 없는 사람이었다. 굳이 하나를 짜내어 말하자면 〈아비정전〉의 맘보춤 정도? 장국영이 가깝고도 멀게 느껴지는 근본적인 거리감은 바로 이것에서 기인하는 게 아닐까 싶다.

장국영에게는 그만의 애칭인 '꼬고'가 있다. '오빠'를 뜻하는 한자 가가(哥哥)의 광동어 발음으로, '꺼거'라고 하는 사람도 있지만 '꼬고'가 더 귀엽게 들린다. 홍콩 사람들에게 꼬고는 젊고 친근한 남자 혹은 사춘기 때 짝사랑했을 법한 이웃집 미소년, 더 나아가 순정만화의 근사한 왕자님 같은 뜻이다. 이 애칭은 〈천녀유혼〉을 촬영할 당시 왕조현이 그를 '꼬고'라고 부른 데서 유래했다고 보는 게 정설이다.

그 이상은 없다

1980년대 말 우리나라에서 〈천녀유혼〉[1987]과 〈영웅본색2〉[1987](한국 개봉은 1988년)가 개봉하면서 신드롬에 가까운 현상이 벌어졌다. 이후 나중에 졸업하면 꼭 오토바이를 사야겠다고 결심하게 만들었던 유덕화의 〈천장지구〉[1990]까지 더해, 1990년대 중반까지 홍콩영화의 전성시대가 이어졌다.

거의 모든 중고교 남학생들은 수업 종이 울릴 때마다 비장하게 '개처럼 사느니 영웅처럼 죽고 싶다'[첩혈쌍웅]며 국영수 교과서를 꺼냈고, 쉬는 시간이 되면 입에는 성냥개비를 문 채 슬로모션으로 복도를 걸어 다녔으며[영웅본색], 아카데미과학사의 실물모형 완구 총을 가방에 넣어 두고 만지작거렸다. 나 역시 〈영웅본색〉 마지막 장면에서 송자걸[장국영]이 형에게 악당을 쏘라고 건넸던 스미스 웨슨 M29와 주윤발의 '간지'에 가장 잘 어울렸던 베레타 M92F, 늘 권총 두 정으로 무장하고 다녔다. 학교에서 가방 검사에 걸리면 중학생 가방에서 도시락과 함께 총이 나왔으니 선생들도 어이가 없었을 것이다.

홍콩영화의 인기로 왕조현은 영화 홍보차 자주 한국을 방문했다. 그녀는 SBS 〈주병진쇼〉에 나와서 주병진에게 "귀신 영화에 많이 출연하셨는데, 진짜 귀신이 있다고 믿으세요?"라는 질문을 받기도 했다. 또 MBC 〈일요일 일요일 밤에〉에 출연하여 임백천, 이경규와 콩트를 했다. 그녀는 '양자강'이라고 쓰여 있는 철가방을 들고 배달을 나갔다. "다 먹으면 그릇 찾아와라 해"라는 임백천의 지시에 마치 섭소천처럼 옷자락을 휘날리며 "아라따(알았다)"라고 한국말로 답하는 모습이 압권이었다.

〈천녀유혼〉 시리즈 이후에도 '그림 속의 선녀'라는 뜻의 〈화중선〉1988, 저승에서 마왕 아들에게 강제로 시집가는 내용의 〈마화정〉1990, 구미호로 나온 〈천녀영호〉1991, 천 년 묵은 백사로 나온 〈청사〉1994 등 왕조현은 사람이 아닌 귀신, 시공을 초월한 몽중인夢中人의 이미지를 계속 유지했다.

그녀는 과거 홍콩 영화계를 지배했던 영화사 쇼브러더스Shaw Brothers의 이한상 감독으로 대표되는 우아한 실내극의 무드를 부활시킨 장본인이다. 왕조현과 장국영이 출연한 〈천녀유혼〉1987, 정소동 감독 역시 이한상 감독이 1970년에 만든 오리지널 〈천녀유혼〉의 리메이크작이다. 장국영은 홍콩의 영화감독들 중 무협 영화로 유명한 호금전이나 장철이 아닌 이한상 감독을 좋아했다. 그의 취향을 알 수 있는 대목이다. 〈영웅본색〉에서 형 송자호 역을 맡았던 적룡은 과거 장철 작품에 단골로 출연한 액션 영웅이었는데, 장국영이 그의 영화를 본 게 없어서 처음에는 서로 어색해했다는 일화도 있다.

2011년에 고천락, 유역비, 여소군 주연의 〈천녀유혼〉 리메이크 영화가 개봉하면서 장국영, 왕조현 주연의 〈천녀유혼〉이 재개봉하기도 했다. 그러면서 정소동 감독이 관객과의 대화를 가졌고, 홍콩의 영화 잡지에서 이에 대한 기사를 실었다. 장국영은 생전 여러 인터뷰를 통해 가장 힘들게 작업했던 출연작 중 하나로 〈천녀유혼〉을 빼놓지 않고 얘기했다. 당시 촬영기간이 지독한 장마철과 겹쳤기 때문이기도 했지만 장국영 자신의 넘치는 의욕 때문이기도 했다. 정소동 감독의 말에 따르면 영채신과 섭소천의 아름다운 러브신을 찍을 때 장국영이 작품에 지나치게 몰입한 나머지 의욕에 불타 이렇게 말했다고 한다. "감독님, 바지도 벗을까요?"

2011년작 〈천녀유혼〉의 감독인 엽위신은 영화의 후반작업을 한국에서 했다. 나는 그를 인터뷰할 기회가 있었다. 그는 아시아에서 장국영을 감히 필적할 배우가 없기에, 1987년작과 비슷하게 리메이크한다는 것은 너무 무모한 일이라는 것을 인

〈천녀유혼〉의 순진하고 정의로운 서생 '영채신'

정했다. 그래서 엽위신은 여소군이 연기하는 영채신의 비중을 대폭 축소하는 것으로 가닥을 잡았다. "장국영의 영채신을 넘어서는 것은 불가능합니다. 굳이 도전하고 싶은 마음도 없고요. 영채신으로 캐스팅된 여소군도 스트레스가 굉장히 컸는데, 주인공이 아니니까 안심하라고 말해주었죠."

2011년 리메이크작은 과거 오마가 연기했던 퇴마사 '연적하'를 고천락에게 맡겨 주인공으로 내세웠다. 1987년작에서 영채신과 섭소천이 재회할 때 연적하가 옆에 어색하게 서 있다가 자리를 비켜주는 장면이 있는데, 엽위신은 그런 연적하가 매우 인상적이었다고 한다. 그래서 '어쩌면 연적하도 섭소천을 좋아했던 게 아닐까' 하는 상상력을 발휘한 것이다.

그와 이야기를 한참 나누다가 새로운 사실을 알게 됐다. 엽위신이 갓 스무 살이 넘어 영화계에 첫 발을 내딛었을 무렵 〈위니종정〉[1985] 연출부에 있었다는 것이다. 당시 홍콩에서 가장 잘 나가는 영화사 중 하나였던 '시네마시티'에서 처음 참여한 작품이 바로 〈위니종정〉이었다. 그래서 장국영에 대한 이야기를 좀 더 나눌 수 있었다. 엽위신은 장국영을 밝고 친절한 사람이라고 기억했다. "나는 그저 스타를 눈앞에서 본다는 사실 자체가 신기했습니다. 장국영은 처음 보는 사람에게도 스스럼없이 형이나 누나라고 부르며 웃는 얼굴로 다가섰죠. 연출부라고 하기에 부끄러울 정도로 잡일만 하는 나에게도 친절하게 대해 주었습니다." 그리고 이렇게 덧붙였다. "장국영은 여전히 홍콩 사람들의 마음속 깊이 남아 있습니다. 새로운 〈천녀유혼〉을 좋아하든 혹은 외면하든, 그것은 관객들의 자유입니다. 하지만 내가 장국영을 생각하며 영화를 만들었다는 사실 자체만으로도 나에게는 큰 의미가 있습니다."

그래서였을까. 그는 영화의 마지막에 '장국영을 그리며'라는 자막과 함께 장국영이 부른 영화 주제곡을 넣었다. 그해 내가 본 영화 중 엔딩 크레딧이 다 올라갈 때까지 자리를 지키고 있었던 유일한 영화였다.

언제나 애잔한 남동생

영채신만큼이나 장국영의 미소가 아름다웠던 장면 중 하나는 〈영웅본색〉에 있다. 형 송자호^{적룡}가 대만으로 잠깐 다녀오겠다는 인사를 하러 이제 막 훈련소에서 경찰 신입생 교육을 받고 있는 동생 송자걸^{장국영}을 찾아간다. 저 멀리서 훈련을 받다가 형을 보자마자, 자걸은 만면에 웃음을 머금고 잃어버린 주인을 발견한 강아지처럼 헐레벌떡 뛰어온다. 남자 형제가 없는 나는 형이 그렇게나 반가울까 싶었다. 더불어 현실에서 막내인 장국영이 형이나 누나를 만날 때 어떻게 대했을지 궁금했다. 자걸의 해맑은 모습은 나중에 불거질 형제간 갈등을 극적으로 보여주기 위한 장치였지만, 현실의 장국영은 반가운 사람을 만나면 정말 저런 미소로 인사를 했을 것이다.

〈영웅본색〉과 〈영웅본색2〉는 장국영에게 처음으로 죽음의 그림자를 입힌 영화다. 아예 오프닝부터 송자호가 동생 자걸이 총에 맞아 쓰러지는 악몽을 꾸는 장면으로 시작한다. 이때부터 송자호는 이미 경찰이 되려는 동생이 자신 때문에 죽을 수 있다는 걱정 때문에 조직에서 나오려고 했을 것이다. 그래서 〈영웅본색〉 1, 2편은 자걸의 죽음을 놓고 하나의 원을 이룬다. 즉 '내 동생은 내가 지킨다'는 형의 다짐이 험난한 세파 속에서 무너져가는 과정을 그린 것이다. 그 이야기를 완성하기 위해 〈영웅본색2〉에는 다소 황당하게 마크^{주윤발}의 쌍둥이 동생 켄^{주윤발}까지 등장시켰다. 결국 〈영웅본색〉 시리즈의 중심축은 송자걸^{장국영}이라 할 수 있다. 오우삼 감독이 〈영웅본색〉에서 그의 전매특허인 고속촬

나는 경찰이고 형은 깡패야.
우린 가는 길이 달라.

영을 제일 처음 사용한 장면 역시 액션신이 아니라 자걸과 자호가 아버지의 병실 복도에서 마치 연인처럼 서로 장난치는 장면이다. 슬로모션의 천진난만한 장국영의 얼굴이 그 중심에 있다.

〈영웅본색〉이 남자들의 영화이기에 주인공들은 다치기도 많이 다치고 피도 많이 흘린다. 송자걸은 여러 번 총상을 입는데, 형 송자호는 자걸을 위해 세 번이나 병문안 갔다. 1편에서는 작전 수행 도중 총에 맞은 자걸의 병실에 뒤늦게 찾아가고, 2편에서는 자신이 총을 쏴서 부상을 입은 자걸을 안고 병원에 데려갔으며, 나중에 켄주윤발이 이미 죽은 자걸을 병원으로 옮겨간 후 눈물을 펑펑 흘리며 그를 찾아간다.

송자호 역을 맡았던 적룡이 지난 2006년 〈조폭마누라3〉 촬영차 무려 18년 만에 한국에 왔다. 나는 성룡이 이끄는 무술팀 '성가반'에서 활약하는 한국인 박현진과의 친분을 이용해, 그의 친한 선배이자 〈조폭마누라3〉에 출연한 또 다른 홍콩배우 노혜광을 거쳐 인터뷰를 성사시켰다. (노혜광 역시 성룡과 함께 수많은 영화에 출연한 유명인인데 마치 그를 메인으로 인터뷰하는 것처럼 자리를 마련해 좀 미안하긴 했다.)

과거 적룡은 짙은 눈썹, 뚜렷한 눈매, 탄탄한 근육

1 적룡의 최근 모습
2 3 4 〈영웅본색〉에서 뜨거운 형제애를 보여줬던 장국영과 적룡

2
3
1 4

의 남성적 매력을 뿜어내며 절친한 콤비였던 강대위와 함께 장철 감독의 〈보표〉1969, 〈복수〉1970, 〈대결투〉1971, 〈자마〉1973 등 무수한 히트작들에 출연했다. 장철 감독이 그의 영화에서 보여주고자 했던 남성미의 결정판이 바로 적룡이었다.

　　　　인터뷰 직전 적룡은 부인과 함께 명동에 쇼핑을 다녀왔는데, 선글래스를 쓴 부인이 앞장 서고 그 뒤로 적룡이 쇼핑백을 양손 가득히 든 채 호텔로 돌아오던 모습이 아직도 잊히지 않는다. 내 마음 속 영원한 영웅이자 최고의 '상남자'였던 적룡이 부인에게 꼼짝 못하는 모습이 놀랍기도 하고 재밌기도 했다.

　　　　인터뷰를 하며 장국영 얘기를 꺼냈더니 그는 굉장히 슬퍼했다. 〈영웅본색〉에 출연할 당시, 적룡은 과거의 영광을 뒤로 한 '왕년의 배우'일 뿐이었다. 장철 사단의 조감독 출신이었던 오우삼이 〈영웅본색〉의 주인공으로 적룡을 내세운 것은 굉장한 모험이었을 것이다. "당시 장국영과 내가 형제로 보이지 않는다는 지적이 많았습니다. 장국영이 워낙 앳된 얼굴이라 나이차가 더 커 보였던 거죠. 나는 그저 최선을 다해야겠다는 생각뿐이었습니다."

　　　　그리고 그 역시 붙임성 좋은 장국영을 떠올렸다. "사실 나는 현대극에 익숙지 않았습니다. 정장을 입고 연기를 한다는 것 자체가 어색했죠. 현장에선 늘 긴장한 상태였습니다. 그런데 장국영이 진짜 동생처럼 다가와서 편하게 연기할 수 있었습니다. 원래 나는 연기 잘한다는 소리를 듣는 배우가 아니었습니다. 〈영웅본색〉에서 내 연기가 좋은 평가를 받을 수 있었던 것은 순전히 그의 덕분이라고 생각합니다." 실제로 적룡은 〈영웅본색〉으로 대만 금마장 남우주연상을 받았다. 거의 15년 만에 받은 주연상이었다.

　　홍콩영화 팬이라면 장국영과 적룡이 다시 만난 〈유성어〉1999를 기억할 것이다. 이 작품에서 적룡은 이조영장국영이 사는 동네의 담당 경찰 '용'으로 나온다. 마음에 두고 있던 여자가 안타깝게 죽자 그는 이조영을 찾아와 살고 싶지 않다며 아이처럼 안기어 운다. 용의 어깨를 두드려주는 이조영의 표정이 더없이 훈훈했다. 〈영웅본색〉과는 정반대의 관계와 캐릭터다. 적룡은 〈유성어〉로 홍콩 금상장 남우조연상을 받았다.

　　그러고 보니, 장국영과 함께라면 적룡은 언제나 상을 받았다. 그러니 〈영웅본색〉의 귀여운 동생 자걸을 잊지 못할 수밖에. 실제로 적룡은 장국영이 죽은 뒤 한동안 연락을 끊고 두문불출했다.

찾지 못한 공중전화 부스

〈영웅본색2〉에서 꼭 찾고 싶은 촬영지가 있다면 바로 자걸이 마지막으로 아내에게 전화를 걸었던 공중전화 부스다. 지금껏 홍콩영화 속 촬영지들을 돌아다니면서 찾기 힘든 곳이 없었다. 하지만 딱 한 군데, 가보고 싶다는 열망과 달리 아직까지 찾지 못한 곳이 바로 그 공중전화 부스다. 오죽하면 렌트카로 구룡반도의 산길이라는 산길은 다 뒤져봐야겠다는 생각까지 했을까. 지난 2009년 〈적벽대전2: 최후의 결전〉 개봉 당시 방한했던 오우삼 감독을 인터뷰했으면서도 깜빡 잊고 그것을 물어보지 못한 것이 천추의 한이다. 하지만 그에게 장국영에 대한 질문은 잊지 않고 던졌다.

오우삼 감독은 한동안 말을 잇지 못했다. 왜냐하면 비록 영화 속 설정이기는 했지만 그가 죽어가는 모습을 연출하고 찍어서 한참이나 보여줬던 사람이니까. 송자걸^{장국영}이 죽어서 응급실로 실려 왔던 퀸 메리 병원은 실제로 15년 뒤 장국영이 투신자살했을 때 옮겨져 왔던 병원이었다. 그래서 오우삼은 〈영웅본색2〉를 다시 보기가 두렵다고 말했다.

"〈영웅본색2〉를 보시면 자걸의 장례식과 영정 그림

1 〈영웅본색〉 시리즈를 연출한 오우삼 감독
2 〈영웅본색2〉에 등장하는 송자걸(장국영)의 영정 그림

1
—
2

이 나옵니다. 관객들은 자걸이 죽었다는 사실을 다 아니까 꼭 보여줄 필요는 없었죠. 하지만 별 생각 없이 넣었습니다. 사진이 아니긴 했지만 그때 장국영은 과연 어떤 마음으로 자신의 영정 그림을 봤을까요. 세월이 많이 지났지만 그때 생각을 할 때마다 그에게 너무 미안해집니다.”

나는 요즘도 그 공중전화 부스의 소재지를 알 수 있을까 싶어 〈영웅본색2〉를 가끔씩 꺼내 본다. 장국영의 팬이라면 눈물 없이 도저히 볼 수 없는 아내와의 전화 통화. 자걸은 이제 막 태어난 딸의 몸무게가 2.8킬로그램이라는 말에 기뻐한다. 아내는 딸이 자걸의 눈을 빼닮았다고 말해준다. 힘든 몸짓으로 굳이 고개를 돌려 자신을 부축하는 켄주윤발에게 일일이 아내의 말을 전하는 자걸의 모습이 너무나 장국영답다. ‘네가 얘기 안 해도 다 들려’라고 말할 수도 있을 텐데 그걸 또 가만히 듣고 있는 켄 역시 주윤발스럽다.

아내가 딸의 이름을 지어달라고 하자 자걸은 마치 기다렸다는 듯 이름을 불러준다. “송...호연.” 그는 자신이 죽을지도 모른다는 생각에 분명 작명소에서 지어뒀거나, 미리 정해두었을 것이다. 그리고 쓰러지는 자걸의 모습과 함께 〈영웅본색2〉의

형, 우리 형제야.
우리 중 한 사람만 믿게 하면 돼.
어서 쏴.

- 영화 <영웅본색2>, 송자걸의 대사 중에서

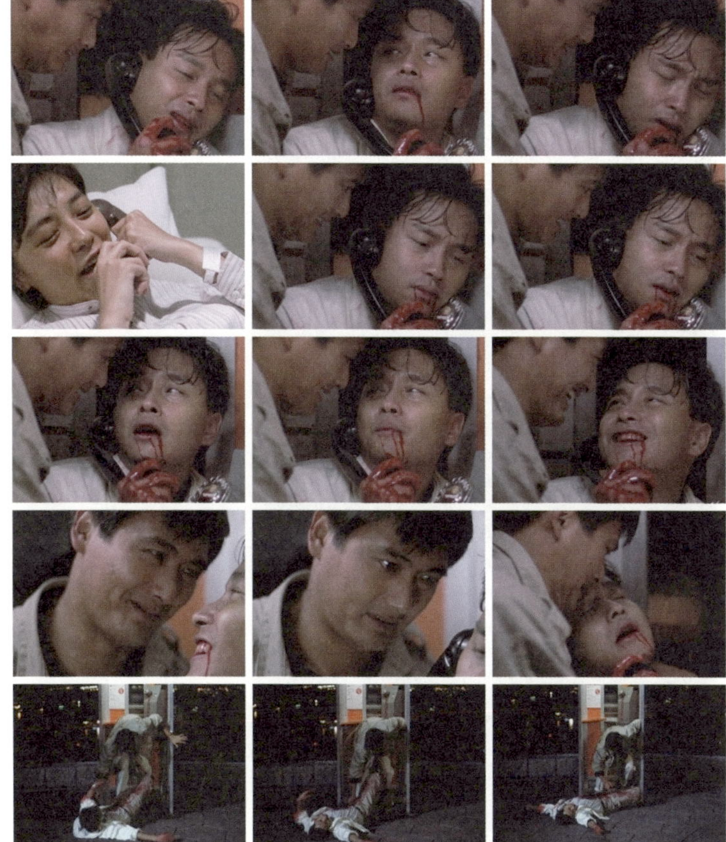

가슴 절절한 주제곡 '분향미래일자'奔向未來日子가 흘러나온다. '나의 인생을 묻지 마세요. 잃어버린 지난 일을 꺼내지 말아요. 사랑인지 아닌지 묻지 말아요. 알지 못해요, 후회하지 않아요. 변명할 생각도 없어요'

그나저나 궁금하긴 하다. 지금쯤 20대 중반이 되었을 송자걸의 눈을 닮은 송호연이 얼마나 아름다울지.

장국영의 송자걸이라면

오우삼 감독은 장국영의 송자걸을 얼마나 세심하게 연출했는지 알 수 있는 장면이 있다. 〈영웅본색2〉에서 자걸이 죽는 것은 최고의 솜씨를 가진 상대편 킬러의 총에 맞았기 때문이다. 그러나 자걸은 여러모로 불리한 조건에서 싸우면서도 그에게 '한 방' 먹였다. 오우삼은 이 사실을 총에 맞아 피를 흘리는 자걸이 힘겹게 자리를 떠난 뒤 무표정한 킬러의 소매 아래로 한 줄기 피가 뚝 떨어지는 장면을 통해 보여준다. 킬러가 그 자리에서 죽는 것도 아니고 비중이 큰 역할도 아니기에 대부분 그냥 지나치기 쉽다. 그러나 오우삼은 큰 의미를 두고 찍었다고 한다.

"자걸의 비극적인 죽음만 보여주고 싶지 않았습니다. 장국영은 매사에 열심이고 완벽주의자였죠. 장국영의 송자걸이라면 1편에서 마냥 애송이 같았던 그가 2편에서는 훌륭한 경찰로 성장할 것이 분명했습니다." 오우삼은 그 3초의 장면으로 송자걸의 죽음에 경의를 표했다. 오우삼 역시 오우삼답다.

그러고 보면 〈영웅본색2〉는 장국영에게 '최초'가 많은 영화다. 장국영은 이 영화에서 최초로 죽음을 맞았고, 처음으로 자식 있는 유부남으로 나왔다(물론 딸의 얼굴을 보지도 못했지만). 장국영이 자신의 필모그래피를 통틀어 유부남이 된 적이 딱 두 번 있다. 〈영웅본색2〉[1987]와 〈종횡사해〉[1991], 모두 오우삼의 영화다. 홍콩 영화계를 대표하는 '아저씨'인 그는 장국영이 결혼할 생각이 없다는 게 안타까웠던 걸까. 자신을 큰 형님으로 생각하며 언제나 상담을 해오던 장국영에게 오우삼은 결혼하라고 잔소리 했을지도 모른다. 그가 장국영의 죽음에 얼마나 상심했을지 느껴져 마음이 아팠다.

ESLIE CHEUNG

허무 虛

혼자 변하지 않아 혼자가 되다

안돼
한평생이어야해
일분, 일 초가 모자라도
한평생이 아니야

패왕별희 霸王別姬: Farewell My Concubine, 1993

장국영의 영화 중에서 인간사의 허무를 적나라하게 그린 출연작을 고르라면 〈연지구〉를 꼽겠다. 〈연지구〉는 서양의 《로미오와 줄리엣》과 동양의 《요재지이》가 뒤섞인 이야기라고 할 수 있다. 《요재지이》는 중국 8대 기서 중 하나로, 온갖 귀신과 사물의 정령이 펼치는 무한한 동양적 상상력을 담고 있다. 〈천녀유혼〉이 바로 여기 실려 있는 이야기다. 〈연지구〉에도 귀신이 등장한다. 부유한 진씨 집안의 진방[장국영]과 신분을 초월한 사랑에 빠졌지만 집안의 반대에 부딪혀 동반자살을 한 여화[매염방]가 그 주인공이다. 함께 죽으려고 했지만 진방은 살아 남고, 여화는 죽어서 홀로 저승으로 가게 되었다. 저승에서 50년간 연인을 기다리던 여화는 진방을 찾아 이승으로 온다. 그리고 신문사[학교일보]를 찾아가 기자인 아정[만자랑]에게 사람을 찾는 광고를 실어달라고 부탁한다.

이 영화는 홍콩섬 북부의 동서를 가로지르는 트램[Tram]의 정취를 가득 담고 있다. 아정은 자신이 살고 있는 섹통추이로 가는 트램을 타는데, 지낼 곳 없는 여화가 무작정 그를 따라 트램에 오른다. 여화는 아정과 이야기를 나누면서 그녀가 저승에서 홀로 기다린 50년 사이 진씨 집안의 첫째가 죽어서 둘째였던 진방이 맏이가 되었다는 사실을 알게 된다. 영화에서 그들이 대화를 나눈 시간이 영화 속 아정의 신문사가 있는 성완에서 섹통추이까지 가는 시간 정도 되는 것 같다.

아정의 직장인 성완의 화교일보가 있던 자리는 현재 레스토랑 '프레스룸'으로 바뀌었다. 화교일보는 홍콩에서 가장 오래된 신문이다. 과거 윤봉길 의사의 상하이 의거[1932] 당시 '세상을 놀라게 했다'며 호의적으로 보도하기도 했고, 북경 천안문 사건[1989]을 거침없이 비판하는 기사를 싣기도 했다. 그때만 해도 홍콩은 중국을 전혀 두려워하지 않는 언론의 천국이었다.

천안문 사건 당시, 평화주의자인 장국영도 동경 콘서트에서 '인권을 무시하고 무력으로 자유를 억압한 사건'이라며 중국 정부를 강하게 비판했다. 홍콩이 중국 정부에 반환되면, 홍콩에서 살고 싶지 않다는 말까지 했다. (1990년 장국영이 잠시 은퇴를 했을 때, 그 이유 중 하나로 이 발언으로 인한 중국 정부의 압박을 꼽기도 한다) 1997년 홍콩 반환 이후 홍콩의 언론들은 알아서 몸을 사리고 있다. 어쩔 수 없긴 할 것이다. 〈연지구〉가 이야기하는 것 역시 마찬가지다. 사람도 세상도 예전 그대로인 것은 그 무엇도 없다는 것.

〈연지구〉의 주요 무대는 1930년대와 1987년의 섹통추이다. 진방은 섹통추이에서 큰 규모의 상점인 남북행상을 운영하는 갑부집 아들이다. 그러니 교제를 허락해달라며 찾아온 여화를 진방의 어머니는 아래위로 훑어보며 무시한다. 자신의 어머니에게 굴욕을 당한 뒤 인력거를 타고 돌아가는 여화를 창문에서 내려다보던 진방의 우울한 표정이 잊히질 않는다. 마치 여화가 시야에서 사라지면 창밖으로 뛰어내리기라도 할 사람처럼.

진방은 여화를 만나면서 경극을 배우고자 한다. 그에게는 여화와 교제하는 것 자체가 엄청난 일탈이라, 연애를 시작한 김에 그동안 해보지 못했던 것을 도전하겠다는 의욕이 생긴 것이다. 여화의 소개로 찾아간 경극단에서 사부의 안마는 물론 가래까지 받아가며 고생한 끝에 무대에 오른다. 그러나 그에게 주어진 역은 〈패왕별희〉의 '우희'가 아니라 그저 수많은 병사들 중 하나다. 잔뜩 긴장을 하고 무대에 섰는데, 객석에는 진방의 부모님이 정혼자 숙현과 함께 와서 보고 있다. '나는 누군가 또 여긴 어딘가'라는 진방의 표정이 심히 괴로워 보인다.

나는 노스포인트에 있는 홍콩 유일의 경극 전문극장 신광극원新光劇院을 찾은 적이 있다. 극장에 붙은 포스터들 사이에서 '호불귀'胡不歸라는 글귀를 찾아보았다. 호불귀는 〈연지구〉에

어이 돌아오지 않는가, 어이 돌아오지 않는가
두견새가 우네, 피눈물이 흘러 복숭아꽃이 떨어지네
너무 가슴 아프네, 너무 가슴 아프네
두견새가 우네, 비참한 세상을 탄식할 만하구나

- 영화 〈연지구〉, 진방이 부른 "호불구"의 가사 중에서

1 2 여화에게 세월의 벽을 느끼게 한 고가도로와 의홍루가 있던 자리
3 영화에서 본 것보다 한참 더 높은 섹통추이의 고가도로
4 실제로 가본 예전 의홍루 자리는 이제 식당으로 변했다

1 2
3 4

서 여화와 함께 경극단을 찾아간 진방이 오디션 때 부른 노래다. 역시 보이지 않았다. 있었다고 해도 도통 아는 게 없어 공연을 보지 못했을 것이다. 신광극원은 〈연지구〉 속 태평극장처럼 곧 없어질 예정이라고 한다. 장국영처럼 홍콩 사람들의 아름다운 추억이 하나둘 사라지고 있었다.

결국 두 사람은 함께 할 수 없다는 사실에 좌절하고 같이 죽기로 결심한다. 그리고 다시 태어나면 3월 8일 11시에 만나자고 약속한다(3811의 뜻이 바로 이것이다). 장소는 바로 둘이 처음 만난 섹통추이의 의홍루다. 아정과 함께 의홍루를 찾은 여화는 "의홍루가 유치원으로 변했다"며 까르르 웃는다. 그 위로 하늘이 보이지 않을 만큼 크고 높다란 고가도로가 서 있다. 그만큼 긴 세월이 흐른 것이다.

내가 직접 섹통추이의 의홍루 자리를 찾았을 때는 유치원도 아닌 식당으로 바뀌어 있었다. 함께 그곳을 찾은 사람에게 "의홍루가 이제는 식당으로 변했다"며 까르르 웃었다고 말하면 거짓말이고, 영화 속 여화의 마음이 어렴풋이 느껴졌다. 영화에서 본 것보다 고가도로는 한참 더 높았다. 아무리 귀신이라 한들 한낱 평범한 여인에 불과한 여화에게 하늘에 닿을 듯한 고가도로는 세월의 벽과 같았을 것이다. 여화는 고가도로를 보면서 도련님을 다시 만날 수 없을 거라고 직감하지 않았을까.

여화가 죽고 저승에서 진방을 기다리는 동안, 혼자 살아남은 진방은 결국 숙현과 결혼하여 사업을 이어갔다. 하지만 그 역시 행복하진 않았던 것 같다. 아버지가 할아버지 재산을 모두 탕진했다고 퉁명스레 이야기하는 진방의 아들과 영화 촬영장에서 '그 양반진방이 자기가 남북행상의 자제였다고 허세를 떨었지'라는 동료 엑스트라들의 얘기로 짐작해보면, 진방은 여화를 잃고 방황하는 삶을 살아온 듯하다. 끝내 배우의 꿈을 포기하지 못해 늙어서도 영화판을 떠도는 것일 터. 자세한 사정을 알 수 없긴 하지만 진방의 50년 세월이 허망하게 다가온다.

과연 그는 그 오랜 시간 동안 어떻게 살았을까. 뭐 하느라 그 많은 재산을 다 날렸을까. 장남이었으니 책임감에 따르는 고통이 이루 말할 수 없었을 것이다. 그리고 나중에 밝혀지듯 사실 그는 여화에 의해 거의 반강제적으로 죽임을 당할 뻔한 거나 마찬가지였다. 그 역시 '여화가 나를 믿지 못했구나'라는 생각에 괴로워하지 않았을까. 혹은 여화의 바람처럼 바로 따라 죽지 못했던 걸 후회하며 살았을까.

121

사랑을 주지 못할 바에야

　　나는 〈연지구〉의 관금붕 감독을 두어 번 만난 적 있다. 지난 2007년 부산국제영화제에서 그는 이소룡 전기영화 〈브루스〉의 제작 계획을 발표했는데, 당시 그를 인터뷰했다. 그리고 이듬해 홍콩필름마트를 찾았을 때 다시 만났다. 그에게 〈연지구〉를 너무 좋아한다고 말하니 매우 기뻐했다. 그리고 자연스레 장국영에 대한 얘기를 나누었다.

　　인터뷰 당시 관금붕 감독이 이소룡에 너무 빠져 있어서 그랬는지 모르겠지만, 그는 장국영과 이소룡이 비슷하게 느껴진다고 했다. 굳이 그들의 연결점을 찾자면 2013년이 장국영의 사망 10주기이면서, 이소룡의 사망 40주기라는 것. 그리고 구룡반도에 있는 장국영과 이소룡의 죽기 전 마지막 집이 걸어서 20분 정도 거리에 있다는 사실 정도다. 그렇지만 관금붕은 진지했다. 그의 얘기를 계속 듣다 보니 아주 억지는 아니라는 생각이 들었다.

　　"장국영과 이소룡은 아버지에게 사랑을 받지 못했다는 공통점이 있습니다. 그들의 아버지들은 너무 바빠서 아들에게 늘 신경을 쓰지 못했죠. 이소룡이 미국에 갈 때 그의 아버지가 단돈 100달러를 줬다고 합니다. 자존심 강한 이소룡은 이후 미국에서 돈을 벌자마자 아버지에게 첫 번째 선물을 보냈는데, 바로 명품 바바리코트였습니다. '당신이 준 100달러가 이렇게 됐다'고 반항하는 의미였겠죠. 그러나 그는 아버지의 임종을 지키지 못해 장례식에서 많이도 울었습니다. 결핍된 부정父情이 평생의 한이었던 이소룡은 아들 브랜든 리에게 거의 맹목적인 사랑을 퍼부었습니다. 촬영이 있는 날이면 아들을 학교에 보내지 않고 무조건 촬영장에 데리고 다닐 정도였죠. 하지만 이소룡도 너무 빨리 죽는 바람에 아들에게 큰 상처를 줬습니다. 장국영도 이소룡과 비슷했을 겁니다. 그는 이소룡과 달리 결혼을 하지 않는 것으로, 그러니까 제대로 사랑을 주지 못할 바에야 아예 자식을 만들지 않겠다고 결심한 것이 아닐까 싶습니다."

인연

2011년 엽위신의 〈천녀유혼〉이 국내에서 개봉했을 때 나무요괴를 연기한 배우 혜영홍을 인터뷰했다. 처음에는 그녀가 장국영과 접점이 있을 거라고 생각하지 못했다. 분명 두 사람이 같은 영화에 나온 적이 없다고 알고 있었기 때문이다. 그런데 인터뷰 도중 '〈연지구〉에 출연했을 때'라는 말을 몇 번이나 하기에, 그 영화에 나왔었냐고 물었다. 그녀가 그렇다고 대답했다. 내가 놀라서 눈이 휘둥그레지는 것을 보고 그녀가 더 놀랐다. 알고 보니 그녀는 〈연지구〉에서 늙은 진방이 엑스트라로 출연한 영화, 즉 영화 속 영화의 주인공으로 출연했다.

그녀는 장국영을 이렇게 기억했다. "예전에는 큰 세트장 안에서 1세트, 2세트를 나눠 여러 편의 영화를 동시에 찍는 일이 흔했어요. 촬영이 겹치면 중간에 나와 같이 밥을 먹기도 했죠. 워낙 많은 홍콩영화들이 만들어질 때라 굳이 같은 작품에 출연하지 않아도 장국영과 마주칠 기회가 많았어요. 그는 나를 볼 때마다 '누나'라고 반갑게 불렀죠. 명랑하고 쾌활한 후배였어요. 그의 이른 죽음이 지금도 너무 마음을 아프게 해요."

혜영홍이 등장하는 장면에서부터 여화 없이 50년을 살아온 진방의 현재가 모습을 드러낸다. 혜영홍이 촬영장에서 〈천녀유혼〉의 섭소천처럼 옷자락을 휘날리며 날아오를 때 진방은 다리를 절뚝거리며 허드렛일을 한다. 진짜 귀신인 여화는 귀신 역을 맡은 혜영홍을 그저 바라보다 느린 걸음으로 자리를 옮긴다.

연지구 胭脂扣 : Rouge, 1988

가짜 귀신은 하늘을 날고, 진짜 귀신은 평범하게 걷는 기묘한 풍경. 쭈글쭈글 초라하게 늙은 진방과 예전 모습 그대로 고운 여화. 여화가 진방을 몰래 뒤따라갈 때, 소변을 보며 내뱉은 그의 대사. "소변이 이제는 신발을 적시네." 이 모든 것이 뒤엉킨 라스트신에서 섹통추이의 고가도로만큼이나 거대한 세월의 벽을 느꼈다. 아, 저들은 결국 이뤄지지 않겠구나. 피천득의 수필 《인연》의 마지막 구절처럼, 차라리 만나지 않았으면 더 좋았을 것을.

왜 하필이면

차라리 보지 않았더라면 더 좋았을 것이라고 생각하게 하는 장국영이 있다. 바로 홍콩의 마담투소 박물관에 전시되어 있는 장국영의 밀랍인형이다. 나는 그의 모습과 똑같은 인형을 기대했지만 밀랍인형을 보자마자 〈올드보이〉 오대수의 대사를 떠올렸다. '누구냐 넌?' 그 옆에는 매염방의 밀랍인형이 있다. 너무나 해맑게 열정적인 포즈를 취하고 있어 더 슬펐다. 이곳을 찾은 관광객들이 그 밀랍인형을 그들의 생전 모습으로 기억할 거라 생각하니 마음이 아팠다.

<패왕별희>의 한 장면을 재현한 마담투소의 장국영 밀랍인형

장국영 인형은 영화 〈패왕별희〉에서 망토를 입은 데이^{장국영}의 모습을 재현한 것이다. 마담투소 박물관을 만들 때 관계자들이 어떤 모습의 장국영을 인형으로 만들까 많은 고민을 했겠지만, 너무 잔인하다는 생각이 들었다.

〈패왕별희〉에서 행패를 부리는 일본군의 머리를 병으로 내리쳐 감옥에 잡혀간 샬로^{장풍의}를 빼내오기 위해 데이는 일본 장군 아오끼 앞에서 노래를 부른다. 그러나 옥에서 풀려나온 샬로는 데이의 얼굴에 침을 뱉는다. 자존심 강한 샬로에게 중국의 경극배우가 일본군 앞에서 노래를 했다는 사실은 굴욕이자 수치이기 때문이다. 데이는 샬로가 '고마워'라는 말과 함께 자신을 따뜻하게 안아주길 기대했을 것이다. 샬로의 아내 쥬산^{공리}도 결코 할 수 없는 일을 자신이 해냈기에 의기양양한 기분마저 있었을 것이다. 그러나 예상치 못한 샬로의 냉대에 데이는 그 자리에 그대로 굳어버린다. 바로 그 모습을 밀랍인형으로 만든 것이다. 인형 옆에서 손으로 브이 자를 그리며 사진을 찍고 있는 관광객들이 괜히 밉게 보였다. 게다가 왜 다들 망토를 벗겨보려고 하는 것인지. 아십니까, 바로 저 불쌍한 얼굴로 사랑하는 사람에게 침을 맞았단 말입니다.

데이 혹은 우희, 그리고 장국영

〈패왕별희〉를 촬영할 당시 장국영은 많이 외로웠다. 〈패왕별희〉는 그가 중국 대륙에서 찍은 첫 번째 영화다. 〈연지구〉에서 경극을 경험하긴 했지만 본격적인 경극 연기가 힘들었을 것이다. 게다가 익숙한 광동어가 아닌 북경어로 연기해야 했다. 환경, 언어, 사람 등 모든 것이 낯선 곳에서 고군분투해야 했다. 그러니 그가 연기한 '데이'에게서 절대적인 고독이 묻어나지 않을 수 없었다.

데이의 삶 역시 외로움 그 자체다. 〈아비정전〉의 아비가 친부모에게 버려졌던 것처럼 데이도 어머니에게 버려진다. 사랑하는 사람도 그의 사랑을 받아주지 않는다. 역사의 질곡 속에서 모든 것이 그를 외면한다.

데이는 손가락이 하나 더 많은 육손이로 태어났다. 창녀인 어머니는 홍등가에서 다 큰 사내아이를 데리고 있을 수 없다며 맡아주길 부탁하지만, 경극학교의 사부는 데이의 손가락이 눈에 걸린다. "당신 자식은 육손이라 절대 배우가 될 수 없어요. 얼굴은 반반하게 생겼지만 관객들이 저 손을 보면 기겁하지 않겠어요?" 결국 데이의 엄마는 하나 더 삐져나온 새끼손가락을 단숨에 칼로 도려낸다. 그리고 고개 한 번 돌리지 않고 데이를 두고 다시 홍등가로 돌아간다. 데이는 평소에 얌전하지만, 가끔씩 누구의 시선도 신경 쓰지 않고 고집을 부리거나 미쳐 날뛸 때가 있다. 그 성격이 어디서 왔는지는 충분히 짐작하고도 남으리라.

어린 자식의 손가락을 부릅뜬 눈으로 잘라내던 창녀 어머니는 영화에서 가장 강렬한 캐릭터 중 하나였다. 놀랍게도 그 역를 맡았던 장문려는 〈패왕별희〉가 데뷔작이었다. 2009년 〈우리 하늘에서 만나요〉我們天上見를 연출한 감독 자격으로 부산국제영화제에 초청된 그녀를 만났다. 장국영과 함께 연기하는 장면은 없었지만, 혹시나 하는 마음으로 그에 대해 물어봤다. 흥미롭게도 그녀는 '성姓'에 관한 얘기로 시작했다.

"장국영과 같은 흔한 장張씨가 아니라 장개석과 같은 장藏씨여서 어렸을 때 왕따를 당하기도 했어요. 〈패왕별희〉에 나오는 국민당 정권, 문화대혁명은 몸소 겪은 것들이라 장국영이 연기한 데이의 고독이나 슬픔을 잘 이해할 수 있었어요. 그는 촬영장에서 늘 슬퍼 보였어요. 긴장을 한 건지 딴 생각을 하는 건지 알 수 없었지만, 경극 분장을 한 그의 얼굴에서 표정을 읽을 수 없어 더 외로워 보였죠. 데이와 하나가 된 듯한 느낌이었어요."

　　데이가 외로웠던 이유는 결국 변치 않는 사랑 때문이었다. 어린 데이가 처음으로 변태 같은 노인의 침소에 다녀온 날, "사람은 각자의 운명이 있단다. 운명을 거역하지 마라"라는 사부의 말은 이후 데이의 삶을 규정하는 명제가 된다. 데이는 현실을 바꿀 수 없으니 경극 속 '우희'의 삶을 열심히 살아야겠다고 생각한 것은 아닐까. 그래서 데이는 패왕 샬로^{장풍의}를 사랑하고 죽는 순간까지 함께하는 것을 운명이라 받아들인다. 그렇게 그는 혼자서 다른 세계를 살아간다.

　　하지만 샬로는 다르다. 무대에서는 '패왕'일지라도 현실에서는 딱 그 나이의 남자다. 샬로가 화만루의 기녀 쥬산^{공리}에게 반하자 데이는 질투심에 불타고, 급기야 분에 못 이겨 소리를 지른다. "우리가 어떻게 여기까지 왔는데? 죽을 때까지 함께 하라는 사부님의 말을 잊은 거야?" 당황한 샬로는 이미 너와 난 반평생을 함께 했다고 말한다. 그래도 너와 가장 가깝다는 의미일 테다. 하지만 데이는 지금까지 함께 해온 것만으로 부족하다. "1분 1초가 모자라도 한평생이 아니야, 우리는 한평생을 함께해야 한다고!" 〈아비정전〉에서 수리진과 함께한 그 1분을 잊지 않겠다고 '1분의 영원성'을 말하던 아비가 이제 그 말을 뒤집는다.

무대 위에서 진한 분장을 하고 많은 사람들에게 사랑받던 '우희'와 샬로에 대한 연정으로 고뇌하던 무대 밖 '데이'의 양면성은 장국영의 삶을 은유하는 것 같다. 화려했던 경극의 시대가 점점 저물어가고 사랑하는 샬로가 다른 이의 남자가 되었으니, 데이 당신은 정말 외로웠겠군요.

장국영이 세상을 떠난 뒤 첸 카이거가 남긴 추모글은 팬들 사이에서 두고두고 회자되고 있다. "그의 눈에서 보여준 절망과 슬픔은 놀라울 정도였다. 인력거 안에 데이가 홀로 남겨진 장면을 찍을 때였다. 컷 사인을 떨어졌는데도 여전히 장국영이 인력거 안에서 눈물을 머금은 채 앉아 있었다. 나는 조용히 조명기구를 끄라고 지시를 내려 그가 한동안 어둠 속에 가만히 남아있도록 해주었다."

그래, 내 인생은 벌써 오래전에 끝났어.
하지만 너 패왕은 사람들 앞에서 무릎을 꿇었어.

- 영화 〈패왕별희〉, 데이의 대사 중에서

나는 함께 울어줄 것이다

왁자지껄한 군인들이 데이를 기어이 무대 아래로 끌어내린 것처럼, 마담투소 박물관의 말 없는 밀랍인형 데이도 이제 무대 위에서 내려왔다. 과거에는 넓은 무대에 혼자 서 있었고, 뒤에 있는 스크린에서는 하루 종일 장국영의 영상이 나왔었다. 팬들은 선물과 백합을 발 아래 놓아두었다. 장국영만을 위한 공간이었다. 하지만 레이디 가가, 오바마 대통령 등 새로운 인물들이 계속 박물관에 들어오면서 장국영의 무대는 결국 해체됐다. 그리고 지금 그는 통로 쪽 자리에서 아인슈타인 박사와 함께 등을 맞대고 서 있다. 사람들이 자주 오가는 자리인지라 늘 번잡하다. 그 모습을 보고 있자니 가슴 한 켠이 욱신거렸다.

다시 〈올드보이〉가 생각났다. 오대수의 감금방에 걸려 있는 액자 속 문구. '웃어라, 온 세상이 너와 함께 웃을 것이다. 울어라, 너 혼자 울 것이다' 이것은 미국의 여류시인 엘라 휠러 윌콕스의 〈고독〉이라는 시의 첫 구절이다. 장국영의 삶 그리고 그가 보여준 영화 속 모습들과 맞물려 그 시가 두고두고 마음을 휘저었다.

ESLIE CHEUNG

Scene #05

그림자 影

어린 시절의 꿈은 변하지 않았네
오늘 나와 네가 다시 어깨를 나란히 하니
그때의 정이 되살아나네

종횡사해 縱橫四海 : Once A Thief, 1991

139

〈종횡사해〉에서 장국영이 처음으로 등장하는 장면을 잊을 수 없다. 세느 강의 퐁데자르Pont-des-Arts 위에서 양팔을 다리 난간에 기댄 채 서 있는 그의 모습은 한 폭의 그림이었다. 퐁데자르는 오스카 와일드, 카뮈, 자크 프레베르, 랭보와 베를렌느 등이 즐겨 찾은 곳으로 유명하며, 언제나 관광객들의 발길이 끊이지 않는다. 강영호 작가가 촬영한 변혁 감독의 〈인터뷰〉2000 포스터에서 이정재와 심은하가 앉아 있는 곳도 바로 퐁데자르다. 연인들이 영원한 사랑을 맹세하며 사랑의 자물쇠를 매다는 곳으로도 유명하다. 이 낭만적인 다리에서 우월한 미모를 뽐내는 그를 모델로 거리의 화가가 초상화를 그린다. 그림이 완성되자 갑자기 내 이름을 아느냐며 그림에 싸인을 한다. 그리고는 자신의 이름이 '제임스'장국영라고 친절히 알려주고 쿨하게 돈을 건네고 떠난다. 자기가 엄청난 도둑인데 내일 신문을 잘 찾아보라는 말을 남긴 채.

오우삼 감독은 퐁데자르에 장국영이 서 있는 장면을 두고 〈종횡사해〉에서 가장 마음에 드는 장면 중 하나라며 '너무나 환상적이고 아름다운 영상'이라 말한 바 있다. 나는 개인적으로 영상미나 스토리보다는 〈종횡사해〉의 세 주인공이 이루는

삼각관계에 더 마음이 갔다. 영화 속에서 장국영과 주윤발, 종초홍이 파리의 노천카페에 앉아 와인을 마시고, 빨간 오픈카를 타고 칸 해변가를 드라이브하는 모습이 무척이나 행복해 보였다.

실제로도 그들은 오랜 친구였다. 장국영이 자살하기 몇 개월 전, 종초홍 부부가 자신의 집으로 장국영과 당학덕, 주윤발 부부를 저녁식사에 초대한 적 있었다. 그들은 옛 이야기를 하느라 웃음이 끊이질 않았다고 한다. 2003년 4월 1일에도 종초홍의 집에서 종초홍 부부와 주윤발 부부가 같이 식사를 하다가 그의 사망 소식을 전해 들었다. 커플 동반으로 함께 어울렸던 그들이기에 그날 역시 장국영과 당학덕을 부르려 하지 않았을까. 혹시 장국영이 그 자리에 나와 친구들과 즐거운 시간을 보냈다면 다른 선택을 하지 않았을까.

해피엔딩

퐁데자르를 떠난 제임스^{장국영}는 거리의 화가에게 예고한 것처럼 아해^{주윤발}, 홍두^{종초홍}와 합세해 모딜리아니의 '잔 에뷔테른의 초상'을 훔친다. 그리고 세 사람은 새로운 의뢰인을 만나러 니스에 간다. 의뢰인은 니스의 어느 성에 있는 폴 데시에 틀로이베르트의 '할렘의 여시종'을 훔쳐달라고 주문한다(실제로는 니스박물관에 있다).

그림을 훔쳐 달아나던 제임스와 아해는 경비에 걸리고 그 와중에 제임스가 어깨에 총을 맞는다. 아해는 제임스의 어깨에 박힌 총알을 걱정하지만 제임스는 홍두를 걱정한다. 홍두는 아해와 연인 사이이지만 제임스의 마음 속에도 그녀가 있다. 제임스는 아해에게 "넌 사랑하는 여자보다 주변 사람들에게 더 잘해줘. 그녀를 인형처럼 갖고 놀지마. 네가 나였으면 좋겠어"라며 질투 섞인 충고를 건넨다. 하지만 아해는 장난스런 말로 받아칠 뿐이다.

그리고 다시 괴한들이 습격을 해온다. 격렬한 추격전 끝에 아해가 몰던 자동차가 모터보트와 충돌하여 폭발한다. 다행히 제임스는 목숨을 구한다. 아해를 잃은 제임스와 홍두는 슬픔에 빠지지만 몇 년의 시간이 흘러 둘은 연인으로 발전한다. 그러던 어느 날, 죽은 줄 알았던 아해가 홍콩으로 살아 돌아왔다는 소식을 듣는다. 그들은 재회를 하지만 휠체어를 탄 아해의 모습에 놀란다.

143

옛 연인 아해와 지금의 연인 제임스 그리고 홍두. 과거와는 완전히 달라진 이 세 사람의 관계를 무심하게 보여주는 장면은 애드미럴티의 콘래드 호텔 옆 화단에서 찍은 것이다. 아해는 공중전화 부스에서 그들을 함정에 빠뜨렸던 옛 사부와 협상을 위해 통화를 한다. 제임스와 홍두는 심각한 상황에 아랑곳하지 않고 과한 애정표현을 주고받는다. 아예 자석처럼 딱 붙어서 떨어지지 않는다. 자신의 옛 애인이 다른 남자, 자신의 가장 친한 동생과 입을 맞추는 동안 아해는 바로 옆에서 휠체어를 탄 채 혼자 장난을 친다. 그 모습이 무척 쓸쓸해 보였다.

콘래드 호텔 옆 화단은 번잡한 건물 사이에 위치한 조그만 쉼터다. 애드미럴티의 인상적인 빌딩들이 뒤로 펼쳐지는 이곳의 풍경이 마치 어렸을 적 배경만 뉴욕, 런던, 이집트로 바뀌며 여러 장의 기념사진을 찍던 사진관이 떠오른다. 오우삼은 이들 세 사람의 어색한 관계를 뭐라 규정지을 자신이 없어 그냥 저 배경으로 떠밀어 놓은 게 아닐까 싶다. 기념사진을 찍는데 아무도 카메라를 쳐다보고 있지 않는 것 같은 애매한 풍경이랄까. 호텔 관계자들이 보기에도 여기가 썰렁했던지 이제는 나무 조형물을 만들어 세워 놓았다.

1 장국영의 오랜 친구였던 주윤발과 종초홍
2 3 〈종횡사해〉의 마지막 장면

145

　〈종횡사해〉는 시종일관 유쾌한 영화다. 결말 역시 해피엔딩이다. 사악한 무리들을 물리치고 셋은 함께 미국으로 건너간다. 제임스는 홍두와의 사이에서 무려 3명의 자식을 낳고 알콩달콩 산다. 아해는 그 집에서 가정부처럼 지낸다. 아해가 티비를 보면서 집안일을 하다가 실수로 갓난아기를 집어던져 경악하는 표정에서 영화가 끝이 난다.

　예전에는 엔딩 크레딧이 올라갈 때 코믹한 마무리에 미소를 지었지만 이제는 씁쓸한 뒷맛이 감돈다. 홍두 역의 종초홍은 〈종횡사해〉를 끝으로 모든 연예활동을 접었다. 그리고 결혼한 뒤 가정생활과 자선사업에 충실했다. 종초홍 부부는 중화권 연예계에서 금슬 좋기로 유명했으나, 지난 2007년 남편 주가정이 대장암으로 세상을 떠났다. 그들 사이에 아이는 없었다. 아해 역의 주윤발 부부 또한 슬하에 자식이 없다. 〈종횡사해〉 촬영 직후 힘들게 임신에 성공했으나 아이가 탯줄에 감겨 유산된 아픈 상처가 있다. 아내가 임신했을 당시 그는 드디어 아버지가 된다며 세상을 다 얻은 것처럼 기뻐했으니 그 슬픔이 얼마나 컸을까. 이후 주윤발은 다시 아이를 가지려 하지 않았다. 그리고 제임스 역의 장국영…….

1
—
2

첫 라이벌

〈종횡사해〉에서 제임스^{장국영}가 아해^{주윤발}를 잃고 슬퍼하는 홍두^{종초홍}를 위로하며 연인으로 발전하는 장면에서 들려오는 노래가 있다. 바로 '풍계속취'^{風繼續吹}다. 1983년에 발표한 그의 노래로, 이 곡이 히트하면서 무명에 가까웠던 장국영은 일약 스타로 발돋움했다. 이후 1984년에 발표한 앨범 〈Leslie〉의 '모니카'가 역시 대박을 터트렸다. 그러자 당시 언론들은 장국영과 진백강을 라이벌로 몰아갔다. 진백강은 장국영보다 2살 어렸지만 연예계 입문이 더 빨랐으며 이미 스타였다. 한국에서 많이 알려진 영화 중에서 〈가을날의 동화〉¹⁹⁸⁷가 있는데, 종초홍의 옛 남자친구 역으로 나왔다.

두 사람은 진백강이 먼저 아는 척을 하면서 친구가 됐다고 한다. 진백강이 자신의 앨범을 장국영에게 보여주며 어느 노래가 제일 좋냐고 물은 적이 있었다. 장국영은 '당신 때문에 흐르는 눈물'이 가장 좋다고 답했다. 그 노래로 진백강은 엄청난 인기를 얻었다. 그는 장국영의 첫 번째 연예계 친구라 할 수 있는데, 두 사람은 통하는 게 많았다. 섬세하고 민감하며 지독한 완벽주의자에 감정 기복이 심해 종종 우울해한다는 것도 비슷했다.

하지만 스타들의 우정이란 흔들리기 십상이다. 장국영과 진백강의 라이벌 구도가 심해지면서, 둘의 관계는 점점 서먹해졌고 결국 불화로 이어졌다. 죽을 때까지 서로 모른 척 했다는 말이 있을 정도였다. 진백강은 1993년 약물과다복용으로 요절했다. 두 사람 모두와 친했던 고지삼 감독의 인터뷰에 따르면, 진백강이 병실에서 사경을 헤맬 때 장국영이 찾아와 오랜 시간 곁을 지키며 화해를 청했다고 한다. 그는 죽어가는 옛 친구에게 대체 무슨 얘기를 하며 위로했을까.

장국영은 진백강과 〈갈채〉, 〈실업생〉, 〈성탄쾌락〉 등 여러 편의 영화에 함께 출연했다. 두 사람은 역시 〈갈채〉, 〈실업생〉에 출연한 배우 종보라와 함께 당시 '삼소야'(三少爺, '소야'는 우리 식으로 말하자면 도련님이라는 뜻)라고 불리며 인기를 끌었다. 그러나 홍콩 최고의 청춘스타였던 진백강은 약물과다복용으로 17개월 동안 혼수상태에 있다가 1993년 세상을 떴다. 종보라는 그보다 앞서 1989년 빌딩에서 장국영처럼 투신자살하여 30세에 생을 마쳤다. 진백강은 실연의 고통, 종보라는 과다한 채무가 원인으로 지목되기도 했지만, 역시 장국영처럼 아직 정확히 드러난 바 없다. 같은 작품에 출연하며 인기를 끌었던 동시대의 세 배우가 모두 이른 나이에 죽었으니 이 얼마나 비극적인 인연인가.

149

네모에서 세모가 되다

〈종횡사해〉의 감독인 오우삼 역시 장국영의 친구이
자 조언자였다. 1990년 은퇴를 했던 장국영 당시 영화계로 컴백
하는 데 가장 큰 힘이 되어준 사람이 바로 오우삼이었다.

장국영이 돌연 은퇴를 선언하고 1990년 캐나다로
떠난 배경으로 대부분 두 가지를 꼽는다. 첫 번째는 1989년 도
쿄 콘서트에서 천안문 사태에 대해 인권을 무시하고 자유를 억압
한 사건이라는 발언을 했는데, 이로 인해 정부의 압력을 받았다는
것. 두 번째는 알란탐과의 과도한 경쟁으로 인한 연예계 활동의
피로감이 그 이유라는 것이다.

〈로드쇼〉 1990년 2월호의 장국영 은퇴 특집 기사에
는 이런 기사가 실렸다. "본지 취재에 의하면 그는 은퇴 후 결혼할
것이 확실함이 밝혀졌다. 그의 애인에 관해서는 여러 설이 일고 있
지만, 미국 시민권을 가진 여인이며 친구의 동생이라는 것이 밝혀
졌고 은퇴 결심도 이 여인 때문이라는 추측이다." 물론 이 결혼설
은 정말 '설'로 끝났다.

장국영은 캐나다로 떠나기 전에 〈종횡사해〉와 〈아
비정전〉의 촬영을 마쳐야 했다. 장국영의 회고에 따르면, 〈종횡사

해〉를 촬영하는 내내 오우삼 감독이 '네 재능이 너무 아깝다. 니는 꼭 연기를 계속 해야 한다'고 격려와 용기를 줬다고 한다.

제작비 문제로 빠지긴 했지만, 〈종횡사해〉의 원래 시나리오에는 제임스장국영가 죽은 것처럼 사라졌다가 살아 돌아오는 내용이 있었다. 하지만 〈첩혈가두〉1990의 흥행 실패로 의기소침해진 오우삼 감독이 자신의 영화에도 해피엔딩이 필요하다며 스토리를 보다 유쾌하게 수정했다. 〈영웅본색2〉에 이어 장국영이 죽는 장면을 연출하는 것이 부담스웠던 것도 이유였다. 만약 장국영과 〈영웅본색2〉를 끝으로 함께 작업하지 않았다면 오우삼에게 그만큼 끔찍한 일도 없었을 것이다. 2009년 오우삼 감독을 인터뷰하면서 장국영에 대해 물었을 때, 그는 참 도사 같은 말을 했다. "장국영이 죽으면서 홍콩 영화계가 '네모'에서 '세모'가 됐다." 너무나 큰 부분이 떨어져나갔다는 뜻일 게다.

1990년 장국영은 공식적으로 은퇴를 하고 캐나다로 떠났지만, 그곳에서의 생활 역시 순탄하지는 않았다. 자신의 집 앞에 홍콩 관광객들을 이끌고 가이드가 "여기가 바로 장국영의 집입니다"라고 마치 패키지 여행의 한 코스처럼 소개하는 걸 보고 아연실색한 적이 있었다고. 반년만에 홍콩으로 돌아온 장국영은 1992년 〈가유희사〉에 출연하며 배우 활동을 다시 시작했다. 가수 활동은 1995년 앨범 〈총애〉를 발표하며 재개했다.

사랑을 전할 땐 투유

〈종횡사해〉가 개봉한 1991년은 한국 극장가에서 홍콩영화가 최고 전성기를 누리던 해였다. 주윤발과 오우삼 감독이 〈종횡사해〉 홍보차 한국을 찾았다. 주윤발은 〈유머 1번지〉의 '내일은 참피온'에 나와 칙칙이 심형래와 복싱을 했다. 2박 3일 방한 일정의 마지막은 변진섭과 김민우의 콘서트에 게스트로 출연하는 것이었지만 펑크를 내고 말았다. 변진섭과 김민우라면 당시 초특급 스타였건만 영화 잡지 〈로드쇼〉 기자는 이렇게 썼다. "다른 콘서트보다 다소 비싼 거금 1만원이란 입장료를 오로지 주윤발 때문에 치렀던 학생들의 원성이 높았다."

피카디리 극장은 〈종횡사해〉를 내걸고자 20만 관객을 동원하며 잘나가던 한국영화 〈나의 사랑, 나의 신부〉를 굳이 내리려고 했다. 피카디리 극장에서 주윤발과 오우삼의 무대인사가 열렸는데, 사회자가 다름 아닌 최수종이었다. 이명세 감독이 극장주와 서럽게 대판 싸운 것을 아는지 모르는지 객석은 젊은 관객들로 발 디딜 틈이 없었다.

장국영은 〈종횡사해〉가 개봉될 때 오지 못했지만, 이미 이전에 한국을 몇 번이나 방문했었다. 몇 년 전 가수 이선희

장국영이 출연했던 투유 초콜릿 CF의 한 장면

153

가 모 예능 프로그램에서 장국영과의 인연을 이야기한 적이 있다. 1989년 이선희와 장국영의 조인트 콘서트가 올림픽체조경기장에서 열렸고(정확히 말하자면 이선희 콘서트에 장국영이 단독 게스트로 초청된 것), KBS 〈젊음의 행진〉을 통해 방영됐다. 중고생들의 자율학습 대거 이탈 사태는 예견된 일. 〈영웅본색2〉의 주제곡 '분향미래일자'의 가사 '오늘의 일을 묻지 말아요, 알려고도 하지 마세요'처럼 학생들은 표표히 학교를 떠났다. 이선희가 'J에게'를 부르고 있는 중간에 "J 아름다운 여름날이~"라는 한국어 가사를 부르며 장국영이 등장했다. 손바닥에 적힌 가사를 슬쩍 컨닝하는 모습이 너무도 귀여웠다. 남자건 여자건 무대 위의 장국영이 상대와 눈을 마주할 때면 언제나 그랬던 것처럼, 이선희를 쳐다보고 웃으며 얼굴을 들이밀 때 객석의 여학생들은 난리를 쳤다. 노래가 끝나고 이어진 인터뷰에서 이선희가 장국영을 두고 '귀여운 동생 같다'는 요지의 얘기를 했다. 이선희 역시 절대 동안이지만, 사실 장국영이 이선희보다 무려 8살이나 많다.

장국영은 이선희의 '사랑이 지는 이 자리'를 '월정량'月正亮으로 번안해 불렀다(그가 번안해 부른 유일한 한국가요). 나중에 장국영 역시 자신의 콘서트에 이선희를 초대했는데, 그의 차에 이선희를 태우고 다니며 직접 홍콩 구경을 시켜줬다고 하니 그저 부러울 따름이다.

당시 대부분의 언론들은 '장국영의 첫 방한'이라고 떠들었지만, 그는 1978년 서울에서 열린 아시아 아마추어 가요경연대회에 참여해 'American Pie'를 불렀다. 당시 진행자가 직접 만든 곡이냐고 묻자 그는 수줍게 자신의 노래가 아니고 돈 맥클린의 노래라고 답했다. 한국에 와보니 한국 여자들이 어떤 것 같으냐는 질문에도 역시 귀여운 미소로 'pretty'라고 짧게 답했다. 그리고 이듬해인 1979년에 MBC 서울국제가요제의 초청가수로 또 다시 방한해, 참가번호 6번 홍콩 대표로 나와 자신의 노래인 'Thank You'를 불렀다. 붉은 색 조끼에 상반신을 과감하게 드러낸 의상이 인상적이었다고. (이 이야기들은 대선배님들의 회상을 옮긴 것이다) 다음날 교실마다 여학생들이 '홍콩에서 온 레슬리라는 애 봤니?'라며 떠들썩했다니 대략 감이 온다.

이후 10여 년이 지나 1990년 장국영은 '투유 초콜릿' CF로 가히 폭발적인 인기를 누렸다. 주윤발의 '밀키스'나 왕조현의 '크리미'와 비교하자면 투유 초콜릿 CF는 이별, 방황 등 테마에 따른 3부작 구성으로 탄탄한 드라마를 자랑했다. '눈물 젖은 초콜릿을 먹어보지 않은 사람은 사랑을 모른다'고 얘기하려는 듯, CF 속 장국영은 빗속에서 젖은 초콜릿을 한입 베어 물었다. 사연을 보내 당첨되면 공짜 홍콩여행을 보내준다는 제과회사의 상술에 당시 여권이 뭔지도 몰랐던 어린 학생들은 무던히 소설을 쓰기도 했다. 투유 초콜릿의 두꺼운 포장지를 펼치면 '투유로 사랑을 전하세요'라는 말과 함께 몇 줄 글을 적을 수 있는 메모란이 있었다. 나는 전혀 쓸 일이 없는 그 종이를 책상 한쪽에 산처럼 쌓아두었다.

장국영의 시대를 살았다

1995년 12월, 임백천이 진행하던 〈슈퍼선데이〉에 장국영이 '5년 만의 화려한 외출'이라는 타이틀로 출연했다. 스튜디오에 직접 나온 건 아니고, 당시 절정의 인기를 누리던 이영자와 홍진경이 호텔에 있는 그를 찾아가 인터뷰한 것이다. 그녀들의 무례한 질문에도(요즘으로 보자면 이영자와 홍진경에게 '당장 사과하라'며 인터넷이 난리가 났었을 법한) 활짝 웃으며 넘기는 모습이 너무 따뜻해 보였다. 이 영상을 보자마자 나도 모르게 눈물이 주르

1 2 장국영이 방한했을 당시 모습들
3 4 5 우리는 장국영의 시대를 살았다

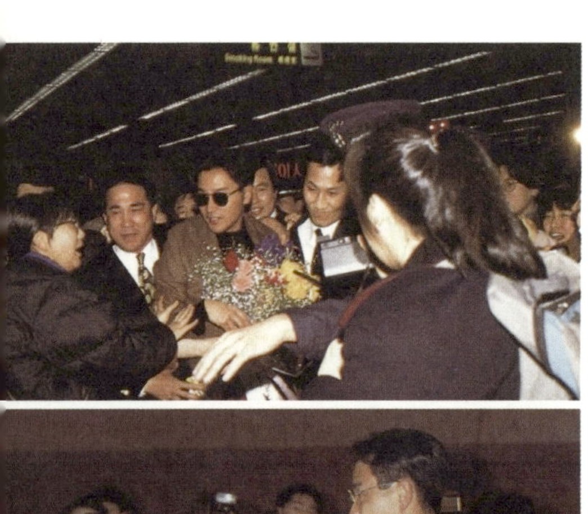

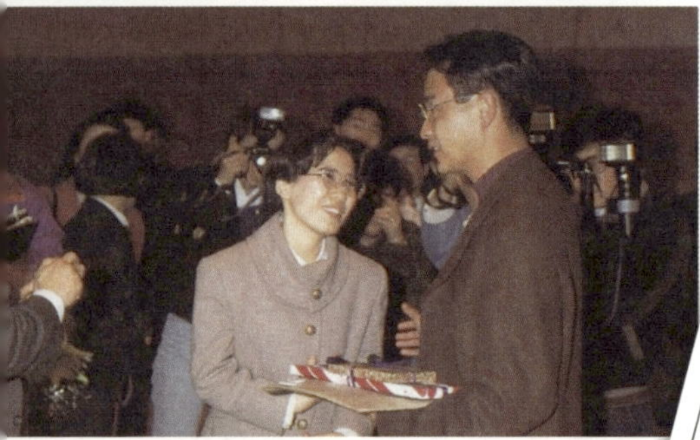

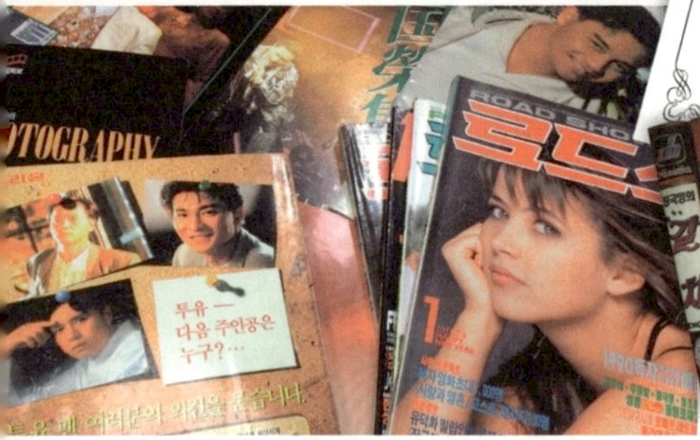

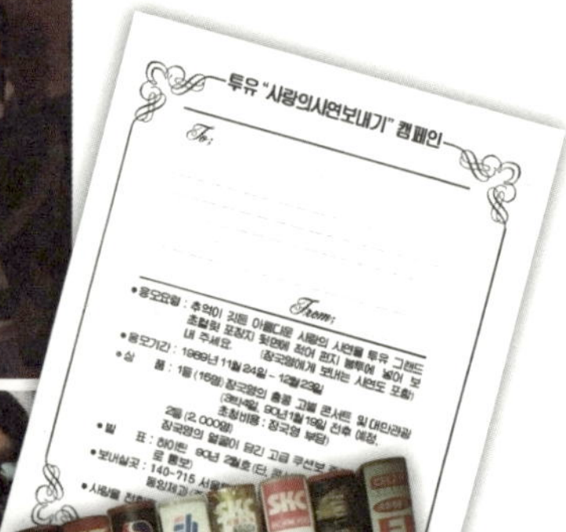

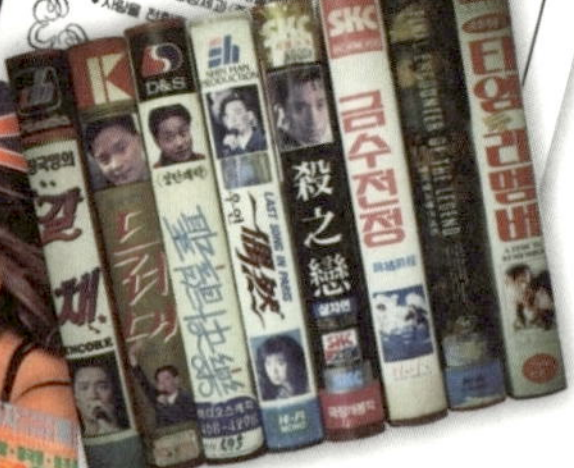

록 흘렀다.

'우리가 어떤 사람으로 보이냐'는 질문에, '김치공장에서 일하는 아줌마'같다고 답하여 이영자가 장국영의 머리를 주먹으로 때리는 시늉까지 했다. (이영자는 장국영이 띠 동갑 오빠 혹은 아저씨라는 걸 과연 알고 있었을까) 그녀들은 여기서 그치지 않고 장국영에게 연기를 부탁했다. 세상에서 제일 기쁜 표정! 제일 슬픈 표정! 말도 안 되는 주문을 열심히 다 받아주는 장국영을 보고 있노라니 마치 시간을 거슬러 올라가 티비를 보는 듯 생생했다.

하이라이트는 장국영이 이영자를 안아 올리다가 함께 소파에 나동그라지는 장면이다. 넘어진 이영자를 꼭 껴안고 장난치며 엉덩이를 탁 때리는 모습이 너무나 천진난만했다. 다른 남자배우가 그랬다면 흠칫 놀랐겠지만 장국영이 하니까 별 느낌이 없었다. 그냥 훈훈해 보일 뿐. 그가 여성스럽다는 얘기를 하려는 게 아니다. 그저 그 모든 걸 초월한 존재처럼 느껴졌다.

1998년 내한 때는 박상원이 진행하던 〈아름다운 TV 얼굴〉에 출연했고, 1999년 〈성월동화〉 홍보차 방한했을 때는 〈이소라의 프로포즈〉에 나와 'A Thousand dreams of you'를 불렀다. 시간이 흐를수록 그는 점점 점잖아졌다. 예전에 비해 웃음이 줄어들었다. 그때 나는 그가 나이를 먹었으니 당연한 거라고만 생각했다. 그래서 〈슈퍼선데이〉 출연 영상을 다시 봤을 때 이영자에게 고마운 마음까지 들었다. 어쨌건 그가 장난치며 박장대소하는 모습을 볼 수 있게 해줘서.

오래된 자료를 훑어보다 보니 재미있는 게 눈에 들어왔다. 1978년과 1979년 가요제에서 각각 사회를 맡았던 변웅전과 차인태는 "홍콩에서 온 '레슬리 청' 군의 노래를 들어 보겠습니다"라고 장국영을 소개했다. 말하자면 영어로 된 노래를 부르며 한국을 찾았던 1970년대의 그는 '장국영'이 아니었다. 그의 이름은 홍콩의 미소년 가수 레슬리 청으로 시작해, 1980~1990년대에는 〈영웅본색〉의 장국영, 그리고 현재 외국어 표기법에 의한 장궈룽까지 세월에 따라 변해왔다. 어쨌거나 나는 '장국영의 시대'를 살았던 것에 감사한다. 장궈룽이 되기 전에 떠난 당신.

ESLIE CHEUNG

Scene #06

사랑 戀

모두에게 사랑받고 모두를 사랑하다

남자든 여자든
난 널 사랑해

©씨네21

채계광 감독의 〈영몽가락〉1982은 여학교를 배경으로 한 팅팅주수란, 페이, 로운나, 진패천의 우정과 청춘을 그린 영화다. 그녀들은 남자 선생님을 짝사랑하기도 하고, 미래의 남자친구와 키스하는 날을 상상하기도 한다. 전 세계적으로 〈라붐〉1980같은 청소년 영화들이 유행하던 때라 홍콩에서도 비슷한 영화가 많이 만들어졌다.

장국영은 팅팅의 남자친구 잭슨 역을 맡았다. 잭슨과 팅팅은 연극 〈로미오와 줄리엣〉에서 각각 로미오와 줄리엣 역을 맡으며 가까워진다. 그리고 함께 마카오로 놀러 간다. 마카오의 해변에서 잭슨은 팅팅에게 자신의 어린 시절에 대한 이야기를 들려준다. "어렸을 때 부모님이 나를 홀로 남겨두고 외국으로 가셨어. 아는 아저씨가 나를 길러주셨지. 나에게 공부하라고 잔소리를 해주는 사람이 없었어. 나는 그냥 알아서 자랐어. 드라마나 영화 보는 걸 좋아했지. 정말 그게 다였어. 나는 늘 혼자였기 때문에 사람들을 이해할 수 없었고 그들도 나를 이해해주지 않았지. 다들 나를 차가운 사람으로 알아."

팅팅은 잭슨에게 연민을 느낀다. 두 사람은 진한 키스를 나누고 마카오에서 즐거운 시간을 보낸다. 세인트 폴 대성

영몽가락 獰朦可樂: Teenage Dreamers, 1982

당, 몬테 요새 등 유명 관광지를 다니며 눈꼴사나운 장면을 연출하기도 한다.

장국영은 분명 〈영웅가락〉을 촬영하면서 그의 첫사랑을 떠올렸을 것이다. 잭슨과 팅팅처럼 장국영은 첫사랑과 마카오에 놀러간 적이 있다고 얘기했다. 첫사랑과 처음 만난 게 13살 때. 하지만 장국영이 영국으로 유학을 떠나게 되면서 헤어졌다. 그의 말에 따르면 그녀는 예쁜 미소와 좋은 몸매를 가졌지만 매우 건방졌다고 한다. 그땐 그런 여자에게 끌렸다고.

성급했던 프러포즈

장국영의 두 번째 여자친구는 모순균이다. 1970년대 중반 두 사람은 '여적TV'에서 각자 다른 프로그램의 진행자로 일하며 서로를 알게 됐다. 이때만 해도 모순균은 10대였다. 이후 〈애정고사〉라는 드라마를 통해 급격히 가까워졌다. 자기보다 2살 어린 모순균의 명랑함과 귀여움에 반한 장국영은 급기야 프러포즈를 해버렸다. 뭐가 그리 급했을까. 1977년 〈명보주간〉에 실린 인터뷰를 보고 추측하건대 붙임성 좋은 모순균의 주위에 항상 남자 친구들이 많았을 터. 장국영도 20대 초반의 어린 나이였으니 '여자 친구가 나에게만 친절했으면 좋겠다'는 질투심에 무턱대고 청혼을 한 것으로 보인다. 그러나 그는 보기 좋게 거절 당했다. 이후 모순균은 불과 21살에 화교 사업가와 결혼해 해외로 떠났다.

2001년 모순균이 진행하는 토크쇼에 장국영이 첫 회 게스트로 출연했다. 브라운 톤의 다이아몬드 무늬 니트를 입고 손에는 귀엽게 쿠션을 껴안은 채 소파에 푹 눌러앉아 편안하게 얘기를 나눴다. 그녀의 아버지가 장국영을 너무 좋아해서 여전히 장국영과 모순균이 찍은 사진을 가지고 있다는 이야기, 그녀가 어느 호텔 레스토랑을 너무 마음에 들어 하니까 장국영이 바로 점장을 불러서 '앞으로 모순균이 여기서 먹는 모든 비용은 내 이름으로 달아주세요'라고 부탁했다는 이야기, 마작을 시작했다 하면 둘이서 며칠 밤을 새웠다는 이야기 등 흥미로운 내용들이 많았다.

과거 프러포즈 사건에 대한 얘기도 빠질 수 없었다. "내가 왜 그랬는지 모르겠지만, 그땐 진짜 순수하게 청혼을 했어. 그런데 당신이 도망갔잖아"라며 장국영이 웃었다. 모순균도 지지 않고 받아쳤다. "왜 그렇게 급했어? 당연히 놀라서 도망갈 수밖에 없잖아." 지난 옛 이야기를 주고 받는 그들이 귀엽기까지 했다.

하지만 "그때 나의 프러포즈를 받아줬더라면 이후 내 인생은 많이 달라졌을 거야"라는 장국영의 말에 마음이 아팠다. 정말 그가 적당한 타이밍에 제대로 프러포즈를 했다면 과연 어떻게 됐을까. 스타 장국영의 삶은 끝났을지 몰라도, 인간 장국영의 삶은 지금까지 이어지지 않았을까.

장국영과 모순균은 고지삼 감독의 〈가유희사〉[1992], 〈화전희사〉[1993], 〈대부지가〉[1994]에 함께 출연했다. 〈가유희사〉는 1990년 잠시 은퇴를 했던 장국영의 컴백 작품이다. 영화에서 무쌍[모순균]과 상소[장국영]는 먼 친척 관계로, 서로 개와 고양이처럼 티격태격한다. 영화 중간에 무쌍이 상소에게 "16살 때부터 사귄 남자 친구가 다음 주에 와서 결혼하재"라며 상소에게 의기양양해 하는 장면이 있다. 모순균이 10대 시절에 사귄 남자 친구가 바로 장국영 아닌가. 의도적인 연출일 것이다.

〈가유희사〉의 마지막은 현실의 그들과 달리 상소와 무쌍이 상소의 형제들과 함께 결혼식을 올리며 결말을 맺는다. 그 촬영지는 마카오의 펜야 성당이다. 이곳은 내가 마카오에 갈 때마다 들리는 곳이다. 마카오의 유명 관광지인 세나도 광장, 성 바울 성당에 비해 외진 곳에 있긴 하지만 어딘가 단아하고 고독해 보

영화 〈가유희사〉의 라스트신 촬영지인 펜야성당

이는 외관과 더불어 풍경이 평화롭다. 하지만 이곳에서 〈가유희사〉의 라스트신을 찍을 때 장국영의 속은 평화롭지 못했을 것이다. 실패한 프러포즈의 대상인 그녀와 결혼식이라니. 웨딩드레스를 입은 옛 연인을 보는 심정이 어땠을까.

〈대부지가〉에서도 장국영과 모순균은 커플로 출연한다. 영화의 후반부에 로버트^{장국영}가 씨익 웃으며 장미꽃을 들고 임가보^{모순균}를 찾아오는 장면이 있다. 앞서 얘기한 토크쇼에서 장국영이 모순균을 향해 "야, 내가 장미꽃을 선물한 첫 여자가 바로 너야!"라고 웃으며 얘기했던 것과 자연스레 겹쳐진다. 20대의 장국영은 모순균을 정말 사랑했었나 보다.

펜야 성당은 원영의와 함께 출연한 서극 감독의 〈대삼원〉(1996)에도 등장한다. 장국영은 이 성당의 신부 홍중(장국영) 역으로 출연한다. 외모가 매우 출중한 신부님인지라 성당을 찾는 대부분의 여신도들은 오직 그만 바라본다. 홍중은 고리대금업자에게 쫓겨 펜야 성당까지 다다른 창녀 백초화(원영의)를 돕기 위해 나서면서 여러 사건에 휘말린다.

위니종정

장국영의 연애는 항상 대중들의 관심사였다. 중화권 언론들은 거의 해마다 '장국영이 사랑한 아무개 혹은 몇 명의 여자'라는 기사를 꾸준히 냈다. 각별한 친분을 나눴던 모순균, 매염방을 비롯하여 종초홍, 관지림 등 언급된 여자 연예인의 숫자만 해도 꽤 된다. 함께 영화에 출연한 여배우들과 종종 염문설에 휩싸이기도 했는데, 이려진도 그중 하나다. 그녀는 〈위니종정〉[1985]에서 장국영의 상대역이었다.

〈위니종정〉은 장국영의 매력이 가장 잘 드러난 영화로, 그의 첫 번째 메가히트 작품이라고도 할 수 있다. 2001년에 문을 닫았지만 장국영은 '위니종정'이라는 이름의 카페를 열기도 했다. 이 영화가 얼마나 홍콩 사람들에게 사랑을 받았냐면, 2010년 홍콩의 떠오르는 감독 곽자건이 홍콩판 〈건축학개론〉이라 할 수 있는 동명의 영화 〈위니종정〉을 만들었다. 영화 속 학생들의 방안에 장국영의 포스터가 걸려 있고, 라디오에서 그의 노래 '위니종정'이 흘러나온다. 말하자면 1980년대 홍콩 젊은이들에게 '위니종정'은 〈건축학 개론〉의 '기억의 습작' 같은 노래인 셈이다.

〈위니종정〉에서 장국영은 그의 초기작에서 대부분

그러했듯이 바람둥이에 가볍고 능글 맞은 캐릭터다. 클럽에서 DJ로 일하는 진복수^{장국영}는 우연히 길에서 본 여려진^{이려진}에게 첫눈에 반한다. 그녀를 따라 버스에 타고 막무가내로 옆자리에 앉는다. 우연히 그녀가 자신의 사촌이 사는 아파트에 살고 있다는 사실을 알고 거의 그 아파트에서 살다시피 한다. 려진이 간호사로 일하는 병원도 거의 제 집 드나드는 수준이다. 결국 이려진의 마음을 얻고 두 주인공은 풋풋한 연애를 시작한다.

연애 초기, 함께 쇼핑을 한 그들은 양손에 잔뜩 쇼핑백을 들고 센트럴의 황후상 광장 옆 차터 가든 분수대에 이른다. 차터 가든은 센트럴에서 중국은행타워, HSBC빌딩 등 빌딩 숲 속에 위치한 한적한 공원이다. 입법부 건물 뒤에 마치 숨어있듯 자리하고 있으며 그 건물 너머 만다린오리엔탈호텔까지 보인다. 나도 진복수와 려진 커플처럼 번잡한 센트럴에서 트램 선로를 따라 이곳까지 걸은 적이 있었다. 연약해 보이는 진복수가 무거운 짐까지 들고 여기까지 오다니, 새삼 사랑의 힘이 대단하다는 걸 깨달았다.

이 분수대에서 려진은 좋아하는 무술영화 애기를 하다가 진복수를 밀치고 만다. 그는 헐리우드 액션으로 오버스럽

게 분수대로 뛰어들더니, 려진에게 물에 들어오라고 권유한다. 그리고 두 사람은 분수를 배경으로 길고 진한 키스를 나눈다. 어려서 비디오로 〈위니종정〉을 처음 봤을 때, 물에 젖은 이려진의 가슴이 브래지어를 하지 않아 적나라하게 드러나 너무나 야하게 느껴졌다. 여자들이 속옷도 안 입을 정도로 홍콩이 더운 곳일까, 라는 궁금함에 '나중에 꼭 홍콩에 가봐야지' 결심을 했더랬다.

최근에 〈위니종정〉을 다시 보면서 뜻하지 않게 우울해졌다. 영화에서 '사피'[맹해]는 진복수의 둘도 없는 친구인데, 그의 애차 폭스바겐의 번호가 'AU 2003'이다. 영화 후반부에 사피가 불치병에 걸리자 그를 위해 친구들이 마지막 파티를 열어준다. 사피의 보물 1호인 폭스바겐과 똑같은 모양의 케이크도 준비한다. 사피가 죽고 그의 폭스바겐을 진복수가 몬다. 그리고 아직도 자신을 좋아하는 려진의 마음을 확인하고 환하게 웃는 진복수의 얼굴을 마지막으로 엔딩 크레딧이 올라간다.

하얀 폭스바겐의 번호판에 박힌 '2003'이라는 숫자가 유난히 눈에 들어왔다. 꼭 그의 죽음을 예언이라도 하듯. 연인과 이별하는 것도 아니고, 죽음으로 끝나는 것도 아닌데 장국영의 영화들 중 가장 인상적이고 가슴 쓰린 라스트신이었다.

다음 정거장에서 우린 헤어져야 해.
이젠 다신 못 만나.
눈을 감으면 내가 가는 걸 못 볼거야.

- 영화 〈상해탄〉, 허문강의 대사 중에서

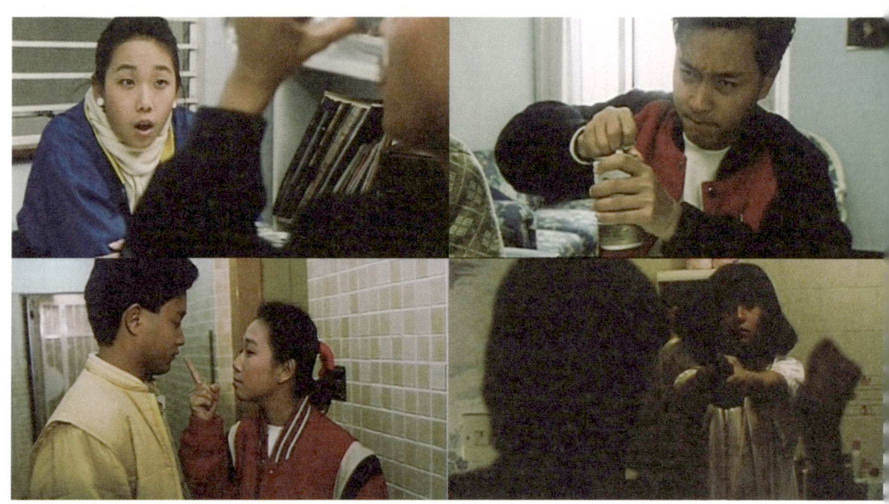

1
2

최고의 하모니

활동 초기에 장국영과 종종 호흡을 맞췄던 여성 엔터테이너들이라면 〈영몽가락〉, 〈드러머〉의 주수란, 실제로 염문설도 있었던 〈갈채〉, 〈영웅문〉의 옹정정(현재 홍콩 쇼브라더스의 거장인 유가량 무술감독의 부인)을 들 수 있는데, 가장 인상적인 상대역으로 나는 〈H2O〉용봉지다성의 임억련을 꼽는다.

〈H2O〉는 〈위니종정〉과 같은 해1985에 개봉한 영화로, 당시 무명의 시나리오 작가였던 왕가위가 각본을 썼으니, 장국영과 왕가위가 처음 만난 영화라고도 할 수 있다.

장국영은 이 영화에서 주인공인 열혈 형사 장영 역을 맡았다. 장영은 대만에서 온 국제경찰을 범죄자로 오해하고 연행한다. 이후에 오해는 풀리지만 그의 경호를 맡게 되고, 함께 놀이공원에 갔다가 우연히 만난 소매치기 자매와 가까워진다. 장영은 소매치기 자매 중 여동생임억련과 사랑에 빠진다. 영화 속에서 동명의 주제곡 'H2O'가 흘러나오는 가운데 임억련이 장국영의 이마에 수줍게 뽀뽀하는 장면을 보고 있으면 더없이 훈훈하다.

그러나 소매치기 자매는 직업킬러의 물건을 훔치는 바람에 사건에 휘말린다. 결국 여동생은 킬러에 의해 죽음을 맞게

1 2 장국영이 번안해서 부른 일본 원곡 모음집 〈Forever Love...Leslie〉
3 장국영이 좋아했던 일본 가수 야마구치 모모에
4 장국영의 히트곡 '풍계속취'가 들어 있는 앨범 〈풍계속취〉

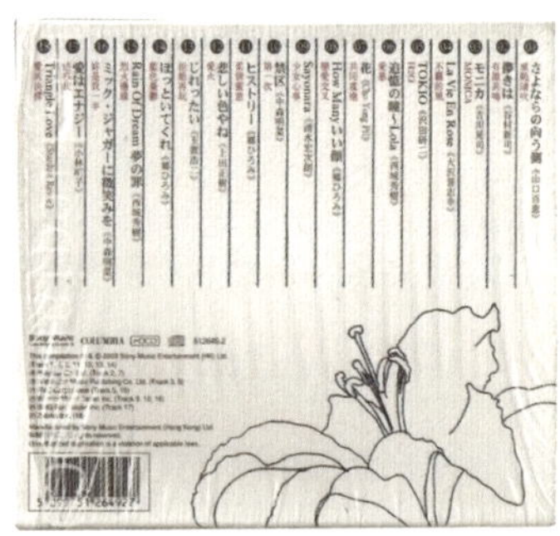

1 2
3 4

된다. 〈H2O〉는 장국영이 영화 속에서 죽음으로 연인을 잃게 되는 몇 안 되는 영화 중 하나다. 장영은 킬러가 언니 예숙군를 해치우기 위해 다시 올 것을 예상하고 여장을 하고 기다린다. 장국영이 최초로 영화 속에서 여장을 한 기념비적인 장면이다.

사실 임억련은 가수로 더 유명하다. 쌍꺼풀이 없는 눈이 매력적인 그녀는 장국영처럼 발매하는 앨범마다 밀리언셀러를 기록했다. 무산되긴 했지만 한때 신승훈과 듀엣을 한다는 이야기도 있었다. 〈H2O〉 이후 장국영과 함께 영화를 한 적은 없지만 가수로 만나 최고의 하모니를 자랑했다. 장국영은 그녀와 듀엣 곡 'From now on'을 함께 불렀고, '적라적비밀赤裸的祕密'에 나레이션으로 참여했다. 'From now on'은 지금 들어도 멜로디가 너무나 감미롭고 아름답다. 임억련은 이 명곡을 이제 누구와 부를 수 있을까.

이별의 저편에서

가수 장국영을 얘기할 때 빼놓을 수 없는 여자가 있다면 바로 일본 여가수 야마구치 모모에다. 장국영은 그 어떤 홍콩 가수나 선배들보다 일본 대중음악으로부터 받은 영향이 컸다고 말했는데, 그 중심에 야마구치 모모에가 있었다. 무명 가수였던 장국영에게 첫 번째 성공을 안겨준 1983년의 '풍계속취'가 바로 그녀의 노래 '이별의 저편'을 번안해 부른 것이다.

야마구치 모모에는 1959년생으로 1972년 니혼TV '스타탄생'에서 준우승을 차지하며 1973년 배우와 가수로 데뷔했다. 1974년 '어느 여름날의 경험'이라는 노래가 대히트를 하면서 톱스타 자리에 올랐다. 이 노래의 가사가 여중생이 사랑하는 남자에게 자신의 순결을 바치겠다는 내용이어서 일본 사회가 발칵 뒤집히기도 했다. 1980년 불과 21살의 나이에 동료 배우 미우라 토모카즈와 결혼하며 연예계 은퇴를 발표했고, 그해 10월 일본 무도관에서의 마지막 콘서트 이후 아직 공식석상에 나선 적이 없다.

장국영은 그녀의 열렬한 팬이었다. 매염방도 그녀의 팬으로, 그녀의 노래를 번안해 부른 적이 있다. 1989년 장국영의 가수 은퇴 발표를 두고 야마구치 모모에의 영향일 거라고 말했던 사람들도 있었는데, 그 역시 어느 정도 인정한 바 있다. "야마구치 모모에의 영향이 분명히 있었다. 인기 절정기에 사랑하는 남자를 만나 은퇴하고, 남편과 자식을 돌보는 일반 주부의 삶을

179

살기로 결정한 그녀의 선택이 굉장히 용기 있는 행동이라고 생각
한다. 일찍이 매염방과 우리도 그녀처럼 절정기에 은퇴해 하고 싶
은 일을 하자고 했다."

그러나 결국 장국영도 매염방도 그 바람을 이루지
못하고 이별의 저편으로 떠났기에 '풍계속취'를 들을 때마다 많
이 아쉽다.

장국영은 일본 대중가요를 많이 번안해서 불렀다. 소니뮤직에서는 장국영이 불렀
던 일본 노래의 원곡을 묶어서 〈Forever Love... Leslie〉라는 음반을 냈다. 이 앨범
에는 야마구치 모모에의 '이별의 저편', 타니무라 신지의 '멋없음이란', 사이조 히
데키의 '꿈의 죄', 타마키 코지의 '미칠 것 같아' 등이 실려 있다. 장국영이 부른 '공
동도과'의 원곡인 조용필의 엔카 '꽃'(花)도 수록돼 있다.
2004년 상하이에서 열린 팍스 뮤지카 콘서트에서 조용필, 알란탐, 타니무라 신지
가 장국영을 기리는 의미로 '꽃'을 합창했다. 실제 장국영과 친분이 깊었던 타니무
라 신지가 노래하는 도중 눈물을 흘리자 조용필이 눈물을 닦아주기도 했다.

장국영과 매염방이 함께 출연한 영화 〈연지구〉(1988)

천국에서도 함께

장국영과 남녀관계를 떠나 친하게 지냈던 여자들 중에서 가장 유명한 사람은 매염방이다. 장국영의 애칭이 '꼬고'라면 매염방의 애칭은 '무이찌에'였다. 천의 얼굴과 백 가지 모습으로 변신하는 카멜레온 같은 그녀를 두고 '백변천후'百變天后라고 불렀다. 매염방은 경극 배우였던 어머니의 영향으로 4세 때부터 오페라와 경극 교육을 받았다. 언니 매애방과 함께 어린 나이에 이미 클럽과 레스토랑을 순회하며 연예계 활동을 시작해, 1982년 노래대회에서 1위로 입상한 이후 가수로 승승장구하기 시작했다. 1991년 돌연 가수 활동을 은퇴하기도 했지만 1995년 복귀를 선언했다.

장국영과는 같은 소속사로 만나면서 가까워졌다. 다른 여자 연예인들과 달리 장국영과 음악적으로 소통할 수 있는 친구였다. 장국영에게 그녀가 특별한 친구였듯이 매염방에게도 그가 특별했다. 장국영이 한 인터뷰에서 말하길, 여러 사람이 모인 자리에서 그가 다른 여자와 길게 얘기라도 할라치면 매염방이 금세 토라졌다고 한다. 언제나 자신을 따로 챙겨준다는 느낌을 받지 못하면 바로 삐쳐서는 아예 말도 하지 않았단다. 그만큼 '장국영에게 난 언제나 1등'이라는 사실을 자랑스러워했던 것 같다.

너무도 친했기 때문일까. 매염방은 장국영이 죽은 그해 12월 30일 세상을 뜨고 말았다. 그녀의 죽음에 많은 팬들은 '꼬고와 무이찌에는 천국에서 다시 만났을까'라며 안타까움을 표했다. 그녀는 당시 자궁경부암으로 활동을 쉬고 있었다. 장국영의 죽음 이후 급격히 병세가 악화되었는데, 정신적 충격 때문이라는 추측이 지배적이었다. 실제로 매염방이 그를 따라 자살할지도 모른다는 우려로 보디가드들이 한동안 그녀의 곁을 24시간 지켰다. 장국영이 생전에 매염방에게 늘 건강을 챙기라는 잔소리를 했다고 하니 더 마음이 아프다.

그의 성공을 동행하다

남녀관계를 떠나 그에게 가장 헌신한 여자는 그의 매니저 진숙분이었을 것이다. 장국영은 1977년부터 가수로 활동했지만 몇 년 동안 무명에 가까웠다. 어리고 인형 같은 외모인지라 시대가 요구하는 이미지가 아니었다고 한다. 당시 여러 가수들이 출연한 콘서트에서 장국영은 쓰고 있던 모자를 관객석으로 던

183

진 적이 있었는데, 아무도 그것을 줍지 않았다. 비참하게도 그 모자는 다시 무대로 되돌아왔다. 만약 누군가 그 모자를 주웠다면 지금쯤 엄청난 가격에 팔 수 있을텐데.

데뷔 앨범 〈I LIKE DREAMING〉[1977]과 두 번째 앨범 〈정인전〉[1979]이 별 인기를 얻지 못하자, 장국영은 외모를 무기 삼아 배우 활동에 집중했다. 이후 작곡가 여소전에게 발탁돼 소속사를 '화성'으로 옮기고[1982], 1983년 앨범 〈풍계속취〉를 발표하며 인기를 얻기 시작했다. 이 시기에 진숙분이 그의 매니저로 나섰다. 1984년 '모니카'[Monica]가 대히트하면서 장국영은 톱스타 반열에 오른다. '모니카'의 판권 구매를 결정한 사람이 바로 그녀다.

진숙분은 장국영의 비즈니스 파트너였을 뿐만 아니라 죽을 때까지 든든한 버팀목이 되어준 사람이다. 장국영의 죽음 이후 많은 사람들이 그에 관한 이야기를 했다. 그를 잘 아는 사람도 있었겠지만 스친 정도의 인연만 있어도 잘 안다는 듯이 떠벌리는 사람도 많았다. 그러나 장국영을 누구보다 잘 알고 있을 진숙분은 그의 이야기를 하는 것에 신중했다. 나는 장국영의 삶을 소재로 영화가 만들어진다면 이 두 사람을 중심에 놓고 가슴 아픈 멜로 드라마로 만들면 좋겠다는 생각을 해본 적 있다. 아니면

박중훈, 안성기 주연의 〈라디오 스타〉처럼 스타와 매니저의 이야기를 다룬 영화는 충분히 가능하지 않을까. 두 사람 사이에는 특별한 무언가가 있었을 것이다. 그것이 사랑이든 우정이든.

Scene #07

기다림 待

그 러 나 　 그 는 　 기 다 려 주 지 　 않 았 다

내게 중요한 건 한 여자다
나는 이곳에서 십 년을 기다렸다
그녀가 그걸 아는지 모르겠군

야반가성 夜半歌聲: The Phantom Lover. 1995

〈백발마녀전〉은 눈보라가 몰아치는 바위 위에 고개를 숙이고 미동도 없이 앉아 있는 탁일항장국영의 모습을 보여주는 것으로 시작한다. 그는 지키고 있다. 20년마다 피는 전설의 꽃을. 병이 든 황제를 위해 꽃을 가지러 온 무사들이 검을 빼들자 탁일항은 단숨에 해치운다. 마지막 무사가 죽기 전에 묻는다. "무엇이 황제보다 중요한 것인가?" 검을 거둔 탁일항은 다시 자리를 지키며 눈을 지긋이 감는다. "내게 가장 중요한 것은 한 여자다. 나는 이곳에서 10년을 기다렸다. 그녀가 그걸 아는지 모르겠군."

그리고 이야기는 과거로 거슬러 올라간다. 중원 8대 문파인 무당파에서 무공을 훈련하는 소년 탁일항은 마교의 금지구역에 들어갔다가 늑대의 습격을 받는다. 그때 한 소녀가 피리로 늑대를 조종하여 탁일항을 구해준다. 훗날 다 자란 탁일항은 그때 그 소녀임청하를 다시 만나게 되고 둘은 사랑에 빠진다.

탁일항은 '연'이라는 성姓이 있으나 이름은 없다는 그녀에게 '무지개 예'霓 자를 써서 연예상이라는 이름을 지어준다. 탁일항을 위해서 모진 시련과 고통을 감수하는 그녀에게 마교의 우두머리는 묻는다. "도대체 그가 너에게 뭘 해줬지?" 연예상은 답한다. "그는 내게 이름을 주었어."

　　탁일항은 연예상에게 강호를 떠나자고 한다. 그녀
는 "몇 십 년 뒤, 내가 늙어서 머리가 하얗게 되면 어떻게 할 거
죠?"라고 묻는다. 탁일항은 이렇게 약속한다. "천설봉에 20년 마
다 피어나는 꽃이 있는데, 그걸 먹으면 돼. 내가 목숨을 걸고서라
도 구해올게." 그리고 하늘을 향해 검을 뻗어 맹세한다. "하늘에
맹세하노니 내가 연예상을 배신한다면 죽어 마땅하다." 그러나
사랑의 맹세만큼 깨지기 쉬운 것도 없다.

　　탁일항이 자리를 비운 사이에 그의 스승과 사제들
이 마교의 습격을 받아 모두 죽는다. 탁일항은 모든 것이 연예상
이 저지른 일이라고 오해한다. 누명을 썼다는 사실보다 자신과의
신의를 저버린 연인의 배신에 연예상은 분노한다. 그리고 머리가
하얗게 변해 백발의 마녀가 된다. 그녀는 세상 사람 모두가 자신
을 '살인귀'라고 할지라도 오직 내 남자만은 믿어줄 것이라 생각
했을 것이다. 그래서 그와 함께 하기 위해 온갖 수모과 고초를 견
딜 수 있었다. 탁일항은 뒤늦게 연예상의 결백을 알아차리지만 이
미 그녀는 사라지고 없다. 그리고 영화의 라스트신은 오프닝신과
연결되어 천설봉에 눈을 맞으며 앉아 있는 처연한 눈빛의 탁일항
을 비춘다.

불멸의 연인

〈패왕별희〉와 〈백발마녀전〉은 같은 해[1993]에 공개됐다. 여자보다 더 여성스러운 데이와 무림 고수 탁일항을 같은 배우가 연기했다고 생각하면 놀랍다. 〈패왕별희〉의 데이도 장국영스러웠지만 〈백발마녀전〉의 탁일항도 장국영다웠다. 물론 공통점은 분명 있다. 둘 다 원하는 건 사랑뿐이었다는 것.

장국영이 권력자의 모습으로 등장한 영화를 바로 떠올릴 수 있는가. 부잣집 도련님이나 신입 경찰 역을 맡은 적이 있긴 하지만 주윤발, 유덕화 등 동시대 배우들과 달리 왕王 혹은 보스, 아랫사람들을 거느리는 리더로 출연한 영화가 드물다. 말하자면 그는 조직이나 강호와 어울리지 않았다. 누군가 명예와 권력을 그의 손에 쥐어줘도 자신이 원한 게 아니라면 미련 없이 놔 버릴 것 같은 이미지다. 무언가를 얻기 위해 억지로 빼앗거나, 일방적으로 요구하는 것과는 거리가 멀어 보인다. 이것이 바로 내가 장국영에게 끌리는 근본적인 이유이기도 하다.

탁일항 역시 무림의 8대 문파 모두가 노리는 무당파의 후계자 자리를 맡게 되지만 그다지 달가워하지 않는다. 오히려 그는 사랑하는 여인 연예상임청하과 강호를 떠나려 한다. 탁일항

THE BRIDE WITH WHITE HAIR
林青霞
張國榮
Richard Yuen

에게서 "인간 세상은 너무 복잡해. 절대 난 돌아가지 않을 걸세"라고 말하며 '인간 앞에서는 귀신 노릇을, 귀신 앞에서는 인간 노릇'을 하며 살았던 〈천녀유혼〉의 퇴마사 연적하가 보였다. 〈백발마녀전〉의 탁일항은 잘 생긴 연적하라고나 할까. 세상과 거리를 두려던 연적하가 귀신과의 싸움에 얽히는 것은 영채신장국영과 섭소천왕조현의 사랑 때문이었다. 〈패왕별희〉의 데이가 평생 상처와 아픔을 겪는 것도, 〈백발마녀전〉의 탁일항이 야망과 은원이 얽혀 있는 무림을 떠나려 했던 것도 그리고 떠나지 못한 것도 모두 '사랑' 때문이었다.

〈백발마녀전2〉에서 장국영은 특별출연으로, 영화의 처음과 끝에 잠깐 나온다. 영화의 완성도는 솔직히 눈 뜨고 봐주기 힘들 정도다. 그러나 탁일항과 연예상이 만나 깊은 오해를 푸는 라스트 10분만으로 영화를 볼 가치가 있다.
"모두 내 탓이야"라는 탁일항의 속죄에 여전히 분노에 가득찬 연예상은 "왜 10년 전에는 그 말을 못 했죠? 이미 늦었어요"라며 백발을 칼처럼 놀려 탁일항의 온몸을 찌른다. 탁일항은 10년의 세월을 기다려 가져온 전설의 꽃을 건네며 용서를 빌고 그의 진심을 알게된 연예상은 그제서야 노여움을 거둔다.

10년을 기다린 두 남자

사랑 때문에 결국 떠나지 못하고 10년을 기다린 남자라면 〈야반가성〉의 송단평도 빼놓을 수 없다. 〈야반가성〉은 〈백발마녀전〉의 우인태 감독과 다시 만나서 만든 작품으로, 장국영이 주인공은 물론 직접 제작과 조감독을 맡아 그의 색깔과 손길이 영화 구석구석에 묻어난다.

1920년대 중국 북경, 최고의 오페라 가수인 송단평^{장국영}은 대지주의 딸인 두운언^{오천련}과 깊은 사랑을 나누지만, 그녀의 부모는 두 사람을 갈라놓으려 한다. 탁일항과 연예상처럼 그들 역시 모든 것을 버리고 함께 떠나려 하지만 단평은 오페라하우스에 갇혀 불에 타 죽고, 운언은 미쳐버린다. 이후 모두가 죽은 줄 알았던 단평이 살아있다는 사실이 드러난다. 그러나 화상으로 인해 흉해진 얼굴은 그의 마음에 큰 상처를 남겼다. 그래서 그는 세상 밖으로 나가지 못한다.

번개가 내려칠 때, 거울에 비친 자기 모습을 보고 괴로워하는 장면은 실로 비극적이다. 최고의 미를 뽐내던 가수이자 배우인 그에게 일그러진 얼굴이란 죽음과도 다름없는 표식이다. 그래서 그는 어둠 속으로 숨어버린다.

하지만 연인을 향한 마음은 변하지 않았다. 폐허가 된 오페라하우스의 비밀의 방에서 천설봉의 꽃이 피기만을 기다리는 탁일항처럼 언젠가 운언에게 닿을 지도 모른다는 마음으로 매일 그녀를 위한 곡을 쓴다. 10년을 기다려 사랑을 증명하고 용서를 구한 탁일항과 운언에게 자신의 노래를 들려줄 날을 기다리며 10년 동안 은둔한 송단평은 결국 같은 남자다. 두 남자는 자신의 기다림을 그들의 연인이 알아봐주기를 기대하지 않았다. 그저 그들은 기다리는 마음, 그 자체가 사랑임을 보여준다. 그리고 두 남자의 진심은 똑같이 마지막에 자신의 연인에게 전해진다. 황지우 시인의 '너를 기다리는 동안'이라는 시가 떠오른다. "사랑하는 이여 / 오지 않는 너를 기다리며 / 마침내 나는 너에게 간다"

장국영의 〈야반가성〉은 홍콩판 《오페라의 유령》으로 많이 알려져 있지만, 그보다 앞서 1936년 중국에서 만들어진 동명 오리지널 영화의 리메이크작이다. 오리지널 〈야반가성〉에 대해 《죽기 전에 꼭 봐야 할 영화 1001편》의 스티븐 제이 슈나이더는 "가스통 루르의 1919년 소설 《오페라의 유령》은 수십 편의 영화에 영감을 주었지만, 1936년 상하이에서 만들어진 〈야반가성〉이 그중 가장 뛰어나다"고 썼다. 그 차이의 핵심은 바로 '팬텀'의 캐릭터에 있다고 볼 수 있다. 《오페라의 유령》의 팬텀은 에너지가 넘치고 위협적인 존재지만, 〈야반가성〉의 단평은 마치 현실의 장국영 이미지를 그대로 가져온 듯 순수하고 호의적이다.

그날의 천사 같은 미소

다시 〈백발마녀전〉으로 돌아오자면, 이 영화는 처음으로 장국영이 진짜 '남자'로 느껴졌던 영화다. 엉클어진 긴 머리는 숨이 멎을 정도로 섹시했다. 하지만 무엇보다 강렬했던 것은 임청하와의 러브신이었다. 장국영의 첫 러브신인 것도 아닌데 이상하게도 유독 기억에 남았다. 지하 동굴의 폭포수 아래에서 펼쳐진 러브신은 그해 개봉한 그 어떤 영화보다 에로틱했다. 탁일항과 연예상은 동물처럼 공격적으로 서로를 탐닉한다. 수위가 높다기보다 분위기 자체가 압도적이다. 임청하의 대표작으로 흔히들 〈동방불패〉1992를 꼽지만, 이연결과 임청하보다는 장국영과 임청하 사이의 불꽃이 더 강렬했다.

장국영은 임청하가 유명해지기 훨씬 이전부터 그녀의 팬이었음을 고백한 적 있다(임청하가 2살 많다). 임청하의 데뷔작인 대만영화 〈창외〉1973를 무척이나 좋아했던 그는 1970년대 말 거의 유일하게 보는 북경어 영화가 바로 임청하의 출연작들이라고 말한 바 있다. 〈창외〉는 부모의 사랑을 받지 못하고 자란 소녀임청하가 중년의 교사와 사랑에 빠지는 내용이다. 어딘가 장국영이 좋아할 법한 스토리다.

1 2
3

장국영과 임청하는 1980년대 계속 엇갈리면서 함께 작품을 할 기회를 갖지 못했다. 이후 1990년대에 들어 〈동사서독〉, 〈백발마녀전〉 등에서 연이어 만나게 됐으니 장국영은 얼마나 가슴 설렜을까.

두 사람은 완차이에 있는 회영각 아파트의 이웃사촌이기도 했다. 그래서 〈동사서독〉을 촬영할 때, 회사 차를 같이 타고 사이좋게 촬영장에 갔다고 한다. 임청하는 지난 2011년 자신이 직접 집필한 산문집《창리창외: 임청하의 극과 꿈과 인생》에 장국영에 관한 얘기를 실었다. 그녀는 2003년 3월의 어느 날을 떠올렸다. 그날 그녀는 시남생(전영공작실의 대표이자 서극 감독의 부인), 장국영과 함께 마틴 스콜세지의 〈갱스 오브 뉴욕〉을 보러 갔다. 오랜만에 만난 장국영은 약간 수척해진 얼굴로, 늘 그렇듯 천사 같은 미소를 띠고 있었다고. 영화를 다 보고 나와서 장국영이 재미있었냐고 물으며 임청하의 어깨에 손을 올렸는데, 그녀는 순간 그의 팔이 떨리는 것을 느끼고 깜짝 놀랐다.

임청하는 평소와 다른 장국영의 모습이 계속 마음에 걸려 시남생에게 전화를 걸었다. 시남생은 장국영이 심각한 우울증에 걸렸으며, 치료를 위해 갖가지 방법을 동원하고 있지만 별 소용이 없는 것 같다고 했다. 임청하는 스케줄을 쪼개서라도 중국 본토에 있는 유명한 의사에게 그를 데려가야겠다고 마음 먹었다. 그러나 사스가 창궐하고 있던 때라, 그 계획을 잠깐 보류하기로 했다. 하지만 장국영은 탁일항처럼 그녀를 기다려주지 않았다.

임청하는 장국영이 죽을 때까지 길렀던 애견 '빙고'를 선물했을 정도로 가까운 사람이었다. 그렇기에 '의사를 소개시켜주지 못했다'는 자책감에 더욱 괴로워했다. 그녀는 장국영에 대한 글의 마지막을 이렇게 마무리했다. "그는 모두에게 사랑받았으며, 또한 모두를 사랑했다. (…) 머릿속에 떠오르는 것은 그날의 천사 같은 그 미소뿐이다."

ESLIE CHEUNG

왕가위 緣

원 하 고 원 망 하 다

거절 당하기 싫으면
거절하는 게 최선이다
그래서 돌아가지 않았다

동사서독 東邪西毒: Ashes Of Time, 1994

　　장국영은 왕가위 감독과 세 작품을 함께 했다. 〈아비정전〉, 〈동사서독〉 그리고 〈해피 투게더〉. 〈해피 투게더〉의 중화권 제목은 〈춘광사설〉春光乍洩이다. '구름 사이로 잠깐 비치는 봄 햇살'이라는 뜻. 영화에서 그런 장면이 언제 나왔을까.

　　보영장국영과 아휘양조위가 모처럼 옥상에 올라가 햇빛 세례를 받는 장면이 있다. 춘광사설이 비치고 그들은 모처럼 광합성을 한다. 보영은 생수병의 물을 아휘의 몸에 끼얹고 마치 고양이처럼 핥고 부대끼며 사랑을 확인한다. 보영과 아휘가 가장 행복해보이는 순간이다. 그런데 여기서 부감으로 라 보카 항구를 내려다보는 컷이 들어가 있다. 피사체를 의도적으로 담는 것도 아니고, 풍경을 묘사하는 것도 아니다. 그것은 옥상에서 아래를 내려다보는 보영의 시선이다. 홍콩으로 돌아가고 싶어 하던 보영은 그 순간 빅토리아 항을 떠올렸을까. 아니면 까뮈의《이방인》에서 '태양 때문에' 살인을 저질렀다는 뫼르소처럼 햇살이 너무 눈부시다는 이유로 혹시 뛰어내릴 생각을 한 것은 아닐까.

　　〈아비정전〉과 〈해피 투게더〉는 정말 닮아도 너무 닮았다. 왕가위는 〈아비정전〉의 아비장국영처럼 보영을 타지에 버려둔다. 보영을 보면 친엄마를 찾으러 필리핀까지 갔다가 결국 죽

春光乍洩
happy together
A Story About Reunion

음을 맞이하는 아비가 떠오른다. 양조위가 연기한 성실하고 진지한 아휘는 〈아비정전〉에서 부지런히 집 정리를 하는 경찰유덕화을 연상시킨다. 실제로 아휘 역으로 제일 처음 캐스팅된 배우가 유덕화였다. 또 배경으로 등장하는 건축물의 분위기나 거리의 풍경 역시 유사하여 분간하기 힘들 정도다.

그러나 〈아비정전〉에는 있지만 〈해피 투게더〉에는 없는 것이 있다. 바로 장국영의 내레이션이다. 〈아비정전〉에서 끝까지 친엄마에게 얼굴을 보여주지 않고 돌아나올 때 화면과 겹쳐지던 그의 내레이션은 영화의 정조를 그대로 함축하고 있다. (〈동사서독〉은 구양봉의 나레이션이 오롯이 영화를 이끌어간다) 〈해피 투게더〉에는 아휘양조위와 대만 청년 장장진의 내레이션이 있을 뿐, 보영의 내레이션을 들을 수 없다.

이전의 왕가위 영화라면 장국영을 보면서 '받아쓰기'를 해야 했지만, 〈해피 투게더〉는 끊임없이 빈 칸에 '채워넣기'를 해야 한다. 바꿔 말하면 〈해피 투게더〉는 온전히 보영에게 집중해야 하는 영화다. 그가 담배를 피우며 거울을 볼 때 대체 무슨 생각을 하는지, 아휘에게 자동차 키를 건네기 위해 차에서 내릴 때 왜 문은 안 닫고 내리는지, 창밖을 내다볼 때 왜 의자에 앉은

채 굳이 뒤돌아보는 건지. 도통 알 수 없는 보영의 속내를 캐내려면 그의 사소한 몸짓 하나까지 지켜볼 수 밖에 없다.

〈해피 투게더〉를 끝으로 왕가위와 장국영은 다시 만나지 않았다. 〈해피 투게더〉가 장국영을 향한 왕가위의 작별인 사라면, 장국영에게서 내레이션을 빼앗은 것은 그를 더 오래 자세히 지켜보기 위함일까.

사진작가 낸 골딘의 작품들은 〈해피 투게더〉에 큰 영향을 미쳤다. 낸 골딘은 일상의 빛으로 마약, 폭력, 동성애, 호전적인 연인들의 모습 등을 예술적 감성이 풍부한 스냅샷으로 담아내기로 유명하다. 왕가위는 크리스토퍼 도일 촬영감독과 장숙평 미술감독에게 낸 골딘의 사진집을 보여줬으며, 〈해피 투게더〉의 뉴욕 개봉 때 상영 첫날 그녀를 초대하기도 했다.

거대한 마침표

〈해피 투게더〉는 1997년 7월 14일, 한국 공연윤리위원회의 재심의 결과 "이 영화는 동성애가 주제로 우리 정서에 반함"이라는 어처구니없는 사유로 개봉이 금지됐다. 심지어 왕가위는 영화가 공개될 것으로 알고 정해진 일정에 따라 서울에 왔다가 그냥 돌아가야 했다. 하지만 〈해피 투게더〉에 대한 관심은 대단했다. 일부 대학 총학생회와 영화 동아리들은 비디오 상영회를 열었다. 물론 입장료도 있었다. 장국영과 양조위의 동성애 정사신을 기대한 사람들로 인해 관람석은 늘 만원이었다. 하지만 기대와 달리 처참한 화질 탓인지 큰 감흥을 주지 못했다. 그 장면이 끝남과 동시에 나가는 사람도 여럿 있었다. 나 역시 자리를 뜨고 싶었다. '볼 것 다 봤기 때문'이 아니라, '이 화질로 계속 보다가는 영화에 대해 안 좋은 기억만 남겠다'는 생각이 들어서였다. 이구아수 폭포에서 튄 물방울인지, 화면 노이즈인지 분간이 가지 않을 정도였다. 배경음으로 들려오는 피아졸라의 탱고 음악은 거의 레퀴엠처럼 들렸다. 하지만 그 와중에도 담요를 부여안고 우는 보영은 이상할 만치 또렷하게 기억에 남았다.

그로부터 1년 뒤 〈해피 투게더〉는 일부 장면을 삭

제하고 개봉했다. 무삭제판이 공개된 것은 거의 10년이 지난 뒤였다. 나는 개봉 첫날 극장을 찾았었다. 그러나 무삭제판은 이미 장국영이 죽은 다음이라 일부러 보지 않았다. 아무리 영화라지만 버림받은 그의 모습을 보고 싶지 않았기 때문이다. 전등갓이 포함된 거대한 DVD 박스 세트도 선물 받았지만 지금까지 포장도 뜯지 않았다. 〈해피 투게더〉는 그만큼 나에게 참 불편한 영화였다. 나는 보영을 그저 말 많고 대책 없는 연인으로 묘사한 왕가위를 원망했다. 그리고 스크린 속에서 여전히 움직고 있는 그를 보면서도 아무것도 할 수 없다는 무력감을 다시 느끼고 싶지 않았다.

왜 그를 버렸나요

〈해피투게더〉에서 장국영의 마지막 장면을 기억하는 사람이 얼마나 될까. 보영장국영은 아휘가 떠나고 없는 그 사연 많은 방에서 아휘양조위의 담요를 끌어안고 하염없이 운다. 그 담요를 몸에 말고 아휘는 보영에게 볶음밥을 만들어주었다. 그리고 그 담요를 덮고 담배를 피웠고 이구아수 폭포가 그려진 스탠드를 바라보곤 했다. 한 번도 빨지 않았을 그 담요에는 어떤 냄새가 남았을까.

보영은 아휘가 숨기고 있던 자신의 여권을 되찾았지만 다시 홍콩으로 돌아오지 못할 것이다. 그나마 아휘가 있어 따뜻한 밥이라도 챙겨먹을 수 있었던 그는 다시 다른 남자의 품에 안겨 클럽에서 밤을 지샐 것이다. 〈아비정전〉에서 역시 장국영이 연기한 아비가 그러했듯이, 술에 찌들어 지린내 나는 길거리에서 널브러진 채 잠이 들 것이다. 돈도 없이 떠다니다가 기차나 시외버스에서 불량배들에게 휘말릴지도 모른다. 그렇게 세상 끝까지 추락할 것이다. 그리고 보영 역시 아비처럼 쓸쓸한 죽음으로 이르는 길에서 결코 벗어나지 못할 것이다. '우리 다시 시작하자' 그 공허한 말을 되뇌면서.

왕가위 감독을 만나면 꼭 따져 묻고 싶었다. 모질게 보영을 버려두고 떠나면 어떡하냐고. 도대체 그가 용서받지 못할 이유가 무엇이냐고.

2008년 부산국제영화제를 찾은 왕가위를 인터뷰했다. 나는 역시 〈해피 투게더〉에서 보영이 버림받은 것에 대한 얘기부터 꺼냈다. 그의 마지막이 너무 잔인한 것 아니냐고. 왕가위는 〈부에노스아이레스 제로 디그리〉[1999] 이야기를 꺼냈다.

우리 처음부터 다시 시작하자.

\- 영화 〈해피 투게더〉, 보영의 대사 중에서

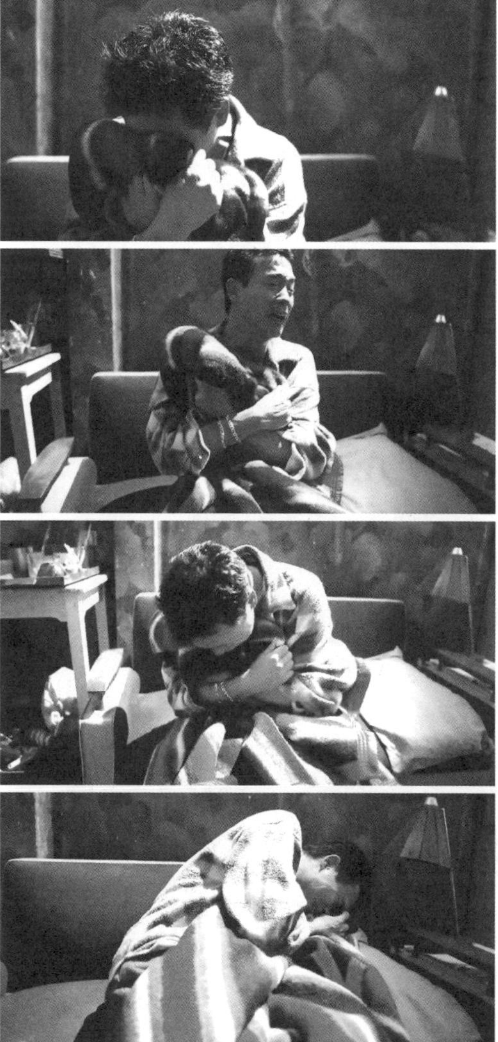

〈아비정전〉〈동사서독〉〈해피 투게더〉의 왕가위 감독

"처음에는 그런 다큐멘터리를 만드는 것이 불필요하다고 생각했습니다. 하지만 나 역시 궁금했죠. 우리가 남겨두고 온 보영이 과연 아르헨티나에서 잘 살고 있을까. 하지만 내가 직접 가볼 용기가 나지 않았습니다."

〈부에노스아이레스 제로 디그리〉는 〈해피 투게더〉의 메이킹 다큐멘터리다. 다시 촬영 현장을 찾아간 스탭들의 이야기가 겹쳐져 〈해피 투게더〉와는 또 다른 스토리를 담은 영화다. 프로듀서가 보영이 여전히 여기서 지내고 있을까 궁금해 하며 라 보카 항구의 여관과 아파트를 찾으며 그들의 흔적을 쫓는다. "〈해피 투게더〉는 거대한 종결부호와 같습니다. 인생에서 어떤 기간이 끝나버린 후의 이야기라고나 할까요."

여튼 나는 홍콩에서 출시된 블루레이판을 구입하고 영화를 다시 돌려 봤다. (〈해피 투게더〉는 크리스토퍼 도일의 영화이기도 하다는 이유를 굳이 덧붙였다.) 역시 쨍쨍한 화질에 입을 다물 수 없었다. '〈해피 투게더〉는 순간과 본능이 겹쳐짐으로써 그 모습을 드러낸다. 그것은 어떤 의미를 전달하려는 것이 아니라 단지 인상을 전달할 것을 고집한다'는 프랑스 영화잡지 〈포지티프〉의 평론가 노엘 에르페의 말이 그제야 와닿았다. 절대적 흥분을 지속시키는 생략의 효과, 시간과 장소의 혼동을 다양하게 표현하는 편집의 불규칙한 흥분 상태가 한없이 이어졌다. '〈해피 투게더〉에서 이구아수 폭포는 가장 중요한 단 하나의 이미지다. 그것은 서로 다른 방향과 속도를 타고 움직이는 세 명의 등장인물들로 하여금 마침내는 일사분란한 하나의 속도 속으로 이끄는 힘을 가지고 있다'는 정성일 영화평론가의 말 또한 비로소 이해할 수 있었다.

폭포수의 포말 위로 카에타노 벨로소의 '쿠쿠루쿠쿠 팔로마'Cucurrucucu Paloma가 흐를 때, 그 느낌은 멋지다 못해 숭고했다. 어쩌면 이제는 왕가위가 다시 돌아가지 못할 세계가 내 눈앞에서 펼쳐졌다. 원망하고 외면할 때도 있었지만 역시 왕가위를 이야기하지 않을 수가 없었다.

아비, 구양봉, 보영

왕가위의 장국영 3부작이라면 〈아비정전〉과 〈동사서독〉, 그리고 〈해피 투게더〉다. 이 영화들에는 두 가지 공통점이 있다. 먼저, 장국영은 늘 버림받는다. 〈아비정전〉의 아비는 친엄마에게, 〈동사서독〉의 구양봉과 〈해피 투게더〉의 보영은 사랑하

213

는 사람에게. 물론 약간 다르긴 하다. 아비는 버림받은 만큼 더 많은 사람들을 버리고, 구양봉은 버림받기 전에 버리려 했으며, 보영은 버림받을 짓을 했다.

두 번째 공통점은 왕가위가 언제나 장국영을 홍콩의 바깥, 머나먼 곳에 데려가 고립시켰다는 사실이다. 홍콩을 배경으로 한 왕가위의 영화 〈중경삼림〉, 〈타락천사〉와 필리핀으로 떠나는 〈아비정전〉, 사막을 배경으로 한 〈동사서독〉, 아르헨티나에서 찍은 〈해피 투게더〉를 비교해보자. 정서적 차이는 물론이고 속도와 방향이 전혀 다른 것을 알 수 있다. 그래서 왕가위의 장국영 3부작을 관통하는 키워드는 바로 '익사일'exile이다.

왕가위와 장국영은 떼려야 뗄 수 없는 관계이지만 실제 둘의 사이는 그리 좋지 못했다. 영화잡지 〈로드쇼〉 1990년 12월호에 당시 기자가 직접 〈아비정전〉 촬영 현장을 방문한 취재 기사가 실렸다. 현장에서는 퀸스 카페에서 아비장국영가 친구장학우에게 생모를 만나러 필리핀으로 가겠다고 선언하는 장면을 찍는 중이었다. 기사에 따르면 왕가위 감독은 무려 48번이나 NG를 외쳤다고 한다. 장국영과 왕가위의 신경전을 직접적으로 드러내는 대목도 있다. "성격 좋은 장학우는 모든 스탭, 동료배우들과 친숙

〈아비정전〉을 촬영할 당시의 장국영과 왕가위 감독

하게 지냈으나 은퇴설에 시달린 듯 신경이 날카로워진 장국영은 장학우하고만 대화를 할뿐, 촬영이 없음에도 애인의 현장에 온 양조위와는 말조차 하지 않는 어색한 분위기를 보여줬다. (중략) 이미 지쳐버린 장국영은 자신의 신이 끝나자 감독에게 인사도 하지 않고 돌아가 감독과의 좋지 않은 관계를 보여주기도 했다.”

왕가위에게 양조위가 착한 연인이라면, 장국영은 늘 제멋대로인 나쁜 연인이었다고나 할까. 장국영의 예민함과 왕가위의 집요함은 늘 충돌했다. 그런데 그 충돌에서부터 진짜 ‘왕가위 영화’가 태어났다. 왕가위가 〈화양연화〉[2000]로 정점을 찍긴 했지만, 예전만큼 그의 영화가 매력적이지 않은 것은 장국영의 부재 때문이라고 생각한다.

오우삼 감독은 장국영과 함께 하든 그렇지 않든 늘 똑같은 영화를 만들었다. 그러나 왕가위는 장국영과 함께 하지 않을 때 전혀 다른 영화를 만들었다. 클라우스 킨스키와 베르너 헤어조크의 관계까지는 아니더라도 사랑했던 사람과 헤어진 후 그 누구를 만나도 심드렁해지는 것처럼, 장국영이라는 배우가 사라지자 왕가위도 생기를 잃은 게 아닌가 싶다. 애매모호한 시제 안에서 길을 잃은 〈2046〉[2004], 전혀 어울리지 않았던 영어 대사 영화인 〈마이 블루베리 나이츠〉2007, 그가 실존 인물을 다룬 첫 영화인 〈일대종사〉2012 등은 상실감에서 비롯된 방황이 아닐까.

1994년과 2008년의 사이

나는 장국영의 마지막 영화가 〈이도공간〉이 아니라 〈동사서독 리덕스〉2008라고 생각한다. 〈동사서독〉은 왕가위가 설립한 택동영화사의 창립작으로 1994년 작품이다. 주인공 구양봉장국영은 젊은 시절 사랑하는 여인장만옥을 버리고 무사의 길을 선택했다. 이후 그는 청부살인을 사주하는 중개인으로 살게 된다.

구양봉은 메마른 남자다. 그가 살고 있는 황량한 사막이 바로 그의 내면을 상징한다. 그런데 영화 중간중간에 바다를 보여주는 장면이 들어가 있다. 처음엔 그것이 무엇을 의미하는지 쉬이 알 수 없을 것이다. 마지막에 이르러서야 바다가 그의 옛 연인장만옥을 상징한다는 것을 알 수 있다. 그녀는 구양봉의 형과 혼인했다. 혼인날 구양봉은 집을 떠났다. 서로 분명히 사랑했지만 두 사람은 이뤄질 수 없었다. "그는 날 사랑한다고 말하지 않았어요. 난 그 말을 꼭 듣고 싶었는데 그는 자존심 때문에 말하지 않았죠. 그의 형과 혼인하던 날 같이 가자는 것도 거절했어요. 왜 사람들은 잃고 나서야 얻으려 하죠?”

그녀가 바라보는 바다는 구양봉을 향한 그리움이다. 그녀는 결코 구양봉을 잊지 못했다. 여기서 사막과 바다는 하나다. 두 사람은 결국 같은 곳을 바라보며 서로를 그리워한다. 구양봉은 거절 당하지 않는 가장 좋은 방법이 자신이 먼저 거절하는 것이라고 말했지만, 대신 그에게 남은 건 끝없는 고독과 권태다. 그리고 이성과 충동을 한 몸에 안고 살아가며 내내 불협화음을 일으키는 불완전한 인간들의 후회.

〈동사서독 리덕스〉는 창고에 처박혀 있던 15년 전 작품인 〈동사서독〉을 복원하고 새로 편집한 버전이다. 왕가위 감독이 왜 〈동사서독〉에 미련을 가졌는지 생각해보니, 바로 ‘구양봉과 옛 연인’의 관계에 ‘자신과 장국영’을 대입시킨 게 아닌가 싶다. 〈해피 투게더〉를 끝으로 더 이상 함께 작업하지 않았지만 그들은 다시 영화로 만나길 기대했을 것이다. 각자 떨어져 사막과 바다만 바라보던 영화 속 두 사람처럼, 그들 역시 다른 사람들과 작업하면서도 서로의 존재를 잊지 않았을 것이다. 1994년 〈동사서독〉과 2008년 〈동사서독 리덕스〉를 비교해보면 왕가위의 뜻을 더 잘 알 수 있다.

　　　〈동사서독 리덕스〉에서 달라진 것은 영화가 시작하고 새로운 인물들이 등장할 때마다 그 시기에 어울리는 '절기'가 소제목처럼 자막으로 덧붙여졌다는 사실이다. 이야기는 개구리가 겨울잠에서 깨어난다는 3월 5일 '경칩'驚蟄에 시작된다. 어쩌면 왕가위는 산천초목에 물이 올라 각종 벌레와 동물들이 겨울잠에서 깨어나듯 장국영을 부활시키려 한 것일지도 모르겠다. 영화는 구양봉장국영이 만나는 여러 인물의 이야기에서 자신의 이야기로 마무리되기까지, 경칩에서 시작해 다시 경칩에 끝난다. 그렇게 왕가위는 〈동사서독 리덕스〉에 '순환'의 의미를 겹쳐 놓았다. 영화의 영어 제목인 '시간의 재'Ashes Of Time에 보다 충실한 느낌. 어쩌면 왕가위는 장국영이 죽고 나서야 자신이 〈동사서독〉을 통해 무엇을 말하려고 했던 것인지 깨달은 것이 아닐까.

　　　또한 〈동사서독〉에는 구양봉의 결투신이 영화가 시작할 때와 마지막에 두 번 등장한다. 그런데 〈동사서독 리덕스〉는 초반의 결투신을 삭제했다. 그러면서 구양봉과 싸우던 배우 '유순'이 사라졌다. (《황비홍》 시리즈에서 황비홍의 아버지 역을 연기했던 배우다) 그러나 그것은 〈동사서독 리덕스〉를 장국영에게 바치느라 차마 피할 수 없었던 숭고한 희생일 것이다. 또 "지나치게 강한 질투심은 사람을 바꿔놓기도 한다. 남들이 나보고 뭐라고 하든 그들이 나보다 즐거운 게 싫다"는 구양봉의 까칠한 대사도 들을 수 없게 됐다. 개인적으로 좋아하는 대사였기에 아쉽다.

마지막 선물

〈동사서독 리덕스〉의 마지막은 춤을 추는 듯한 구양봉의 화려한 액션으로 마무리된다. 뭔가 다소 어정쩡한 느낌으로 마무리됐던 1994년작 보다 명확한 메시지를 전해준다. 즉, 〈동사서독 리덕스〉는 결국 〈동사서독〉이 버림받은 무사 장국영의 이야기였다는 것을 증명하는 것이다.

왕가위는 장국영과 함께 했던 작품들 중에서 〈동사서독〉을 가장 좋아한다고 말했다. 그리고 그의 죽음이 〈동사서독 리덕스〉를 만든 결정적인 계기라고 했다. "크게 달라진 장면은 없지만, 기본적인 바람은 두 가지였습니다. 이야기를 절기로 나눠 순환하는 느낌을 주고 싶었고, 그를 찾아오는 모든 사람들의 만남과 헤어짐을 그의 내레이션 안에 두고 싶었지요. 마지막 장면을

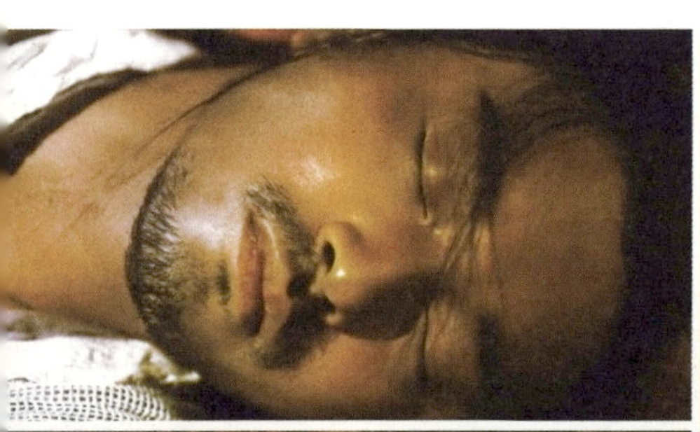

WONG KAR WAI's
ASHES OF TIME
REDUX
東邪西毒
終極版

두고 그의 유령이라고 느낄지도 모르겠습니다. 그렇지만 나는 어쨌건 〈동사서독〉과 달리 그의 마지막 모습으로 영화를 끝내고 싶었습니다."

장국영과 왕가위는 매번 날선 신경전 속에서 영화를 만들었지만 항상 서로를 간절히 필요로 했다. 〈동사서독 리덕스〉에서 구양봉장국영을 떠나보낸 여인장만옥은 회한을 가득 담고 고백한다. "난 이겼다고 생각해왔어요. 그러던 어느 날, 거울을 보고 졌다는 걸 깨달았어요. 내가 가장 아름다웠던 시절에는 사랑하는 사람이 곁에 없었죠. 다시 시작했으면 좋겠어요." 어쩌면 왕가위와 장국영은 갈등할 때마다 각자 자신이 이겼다고 자위했을지도 모른다. 하지만 영화의 마지막 장면의 편집을 바꾸는 것으로 왕가위는 이제야 '결국 나는 그장국영에게 졌다'고 고백하고 있었다.

그 어떤 감독보다 장국영과 대립했으며, 그 어떤 배우보다 장국영을 사랑했던 왕가위. 〈동사서독 리덕스〉는 떠나간 장국영을 그리는 왕가위의 진심어린 선물일 것이다.

우연인지 필연인지 모르겠지만
그녀 곁을 떠날 때면 비가 왔다.

영화 〈동사서독〉, 구양봉의 대사 중에서

Another Story

장국영과 양조위

225

수많은 왕가위 작품에 프로듀서로 참여했던 재키 팽은 장국영, 유덕화, 양조위를 이렇게 평가했다. "유덕화가 캐릭터와 경쟁하는 배우라면, 양조위는 캐릭터와 사랑에 빠지는 배우다. 그리고 장국영은 캐릭터를 유혹하는 배우다." 장국영은 캐릭터에 다가가서 말을 건네는 것이 아니라, 도도하게 그 캐릭터가 자신에게 다가오게끔 만들었다. 즉 캐릭터를 자유자재로 쥐락펴락하며 완전히 자신의 것으로 소화했다.

거기에 더해 나는 그들을 악기에 비유해보고 싶다. 유덕화는 연주자의 힘을 그대로 정직하게 전달해내는 타악기, 양조위는 연주자의 기교에 의해 미세한 떨림까지 담아내는 현악기, 장국영은 연주자의 컨디션에 따라 천국과 지옥을 오가는 관악기라고 할 수 있다. 타악기와 현악기가 손으로 다루는 것이라면 관악기는 숨으로 다룬다. 사람이 매번 일정한 호흡을 만들어내는 것이 거의 불가능에 가깝기 때문에, 관악기는 연주자의 힘과 기교, 그리고 건강뿐만 아니라 연주 당시의 컨디션이나 기분에 따라 다른 소리를 낸다. 그래서 관악기에 입문하기도 힘들고 연주하기도 까다롭지만 모든 요소들이 멋진 조화를 이룰 때 최고의 소리를 낸다.

〈해피 투게더〉의 보영에 대해 왕가위와 양조위가 서로 다른 인터뷰에서 똑같이 했던 말, "보영은 실제 장국영의 모습과 거의 흡사하다." 그렇다. 왕가위에게 장국영은 다루기 아주 까다로운 관악기였다. 그래서 〈해피 투게더〉를 기점으로 양조위라는 보다 안전하고 편안한 배우를 자신의 새로운 페르소나로 삼고자 했다.

장국영과 양조위는 너무나 다르다. 장국영은 홍콩 영화잡지 〈전영쌍주간〉과의 인터뷰에서 다음과 같이 말했다. "나는 모든 테이크를 똑같이 할 수 없는데, 그는 똑같은 테이크를 감독의 요구대로 몇 번이나 그대로 연기해낸다. 그걸 보고 있으면 정말 놀랍다. 거기에 비하면 나는 좀 제멋대로다. 가령 독백 장면을 여러 번 촬영하게 되면, 나는 매번 다른 얘기를 하고 있는 나 자신을 발견하곤 한다. 그런데 감독 말이 내용이 다 다른데도 불구하고 다 쓸 수 있다고 한다.(웃음)"

중요한 것은 왕가위의 최근 작품들에서 느끼게 되는 어쩔 수 없는 실망감이다. 그 까닭을 장국영이라는 악기의 부재로 설명하면 어떨까. 장국영을 관악기로 표현하자면 구체적으로 그중에서도 '오보에'다. 오케스트라에서 공연 직전 튜닝을 할 때 기준음을 불어주는 악기가 바로 오보에다. 오보에 소리가 주변 악기 소리들에 섞이지 않고 유난히 도드라지기 때문이다. 그래서 오보에가 먼저 소리를 내면 다른 악기들이 그 음에 맞춰 준비한다. 〈동사서독〉의 구양봉이 그러했듯 장국영은 왕가위 영화가 아름다운 화음을 낼 수 있도록 그 중심에서 결정하는 역할을 했다.

또한 오보에는 다루기 까다로운 악기다. 관악기들은 숨을 불어넣는 부분인 '리드'(reed)를 부착해 소리를 내는데, 오보에의 리드는 클라리넷 등과 비교해도 유난히 작아서 직접 손으로 깎는 등 세심한 손질이 필요하다. 게다가 그 수명 또한 짧아서 연주자들은 보통 한 번의 연주회에서 하나를 쓰고는 버린다. 일본 TV드라마 〈노다메 칸타빌레〉에서 오보이스트 구로키는 오보에에 대해 "완벽한 리드란 불가능하기 때문에 오보에는 늘 미완성인 상태지. 그런 미완성 속에서 완성을 향해 끊임없이 고독하게 도전하는 악기가 바로 오보에"라고 말한다.

왕가위는 최선을 다해 장국영이라는 미완성의 리드를 손수 손질했고, 최고의 소리를 위해 그를 깎고 또 깎았다. 슈베르트는 오보에를 두고 '천사의 음성이 들리는 악기'라고 했다. 그들이 언젠가 연주해냈을 그 천사의 음성을 듣지 못한 것이 바로 우리들의 깊은 슬픔이다.

ESLIE CHEUNG

자유 樂

언 젠 가 부 터   불 가 능 해 진   해 피   투 게 더

이 세상 무엇이 당신 보다 소중할까
성공이나 실패는 아무것도 아니야
너와 함께하는 평범함이 중요해

금지옥엽 金枝玉葉: He's A Woman, She's A Man, 1994

　　장국영을 보며 가슴 설렌 적이 어디 한두 번 이겠냐만, 지금도 볼 때마다 심장이 뛰는 장면은 〈금지옥엽〉에서 샘^{장국영}이 자영^{원영의}의 옆에서 노래를 부르는 장면이다. 자영이 자신이 작곡한 곡을 피아노에 앉아 깨작거리자, 그걸 듣고 샘이 갑자기 영감이 떠올랐는지 즉석에서 노랫말을 붙여 부른 것이다. "성공이든 실패든 다 중요하지 않네. 시간에 쫓겨 사는 인생이 얼마나 바보인지 알았네. 당신이 나의 진정한 목표, 당신과 함께 하는 평범함이 소중해." 말하자면 '그 여자 작곡, 그 남자 작사'인 셈이다.

　　피아노를 치는 샘을 보면서 자영의 눈에 커다란 하트가 그려졌던 것처럼 나 역시 마찬가지였다. 그는 참 아름답게도 피아노를 친다. 피아노를 연주하다가 가끔씩 흘깃 자영에게 눈길을 준다. 샘은 그저 노래에 빠져 있고, 자영은 그런 그를 넋 놓고 바라본다. 그런 게 바로 상대가 남자이건 여자이건 '한눈에 반한다'는 것일 터다.

　　마츠모토 토모의 만화 〈키스〉에서 까칠하지만 피아노 앞에서만큼은 너무나 부드러운 '고시마 센세', 일본 만화 〈노다메 칸타빌레〉에서 라흐마니노프 피아노 협주곡 2번을 연주하던 '치아키 선배', 대만 영화 〈말할 수 없는 비밀〉에서 열정적으로 피아노 배틀을 벌이던 주걸륜이 샘을 그나마 따라갈 수 있을까.

사실 영화 속 샘과 달리 장국영은 피아노를 잘 치지 못했다. 생각과 달리 손도 그리 예쁘지 않았다. 나는 〈패왕별희〉에서 데이_{장국영}가 샬로_{장풍의}를 등 뒤에서 안을 때, 곱상한 데이의 얼굴과 달리 그의 손이 울퉁불퉁한 남자의 손 같아서 깜짝 놀랐었다. 동시에 첸 카이거 감독이 일부러 장국영의 손을 보여준 건가, 하는 생각도 했다. 어려서부터 발성과 표정, 화장까지 모두 여자에 맞춰 살아온 데이가 '그래도 남자'라는 사실을 관객들에게 일깨워주기 위함이랄까.

실제 장국영은 20대 초반, 왼손에 2개의 종양을 제거하는 수술을 했다. 그 결과 장애까지는 아니지만 왼손이 오른손보다 조금 작아졌다고 한다. 아마 장국영에게 손은 남모르는 콤플렉스 중 하나였을 것이다. 그래서일까. 그는 피아노에 대한 갈증이 컸다. 그가 오래도록 준비하다 결국 만들어지지 못한 영화 〈투심〉의 주인공도 피아니스트였다. 〈금지옥엽〉에서 그가 노래를 부르는 장면이 그토록 아름답고 열정적인 것은 그를 구속했던 제약에서 벗어나 영화 속에서나마 자유롭게 피아노를 칠 수 있었기 때문일 것이다.

카페 데코에서

〈금지옥엽〉에서 장국영은 자유로운 영혼이지만 현실에 구속된 인기 작곡가 샘을 연기했다.

그의 캐릭터는 영화의 첫 장면에서부터 드러난다. 그는 홍콩 최고 여가수 로즈유가령의 애인이자 동거인이지만 연말 시상식에 참석하지도 않고 집에서 TV로 보지도 않는다. 그 시간 란콰이퐁의 한 클럽에서 과거 아버지의 밴드 멤버들과 공연을 하고 있다. 샘이 역시 피아노를 치면서 열정적으로 부르던 곡은 비틀즈의 'Twist & Shout'이다. 1961년 필라델피아의 신예 그룹인 '탑 노츠'가 불렀으나 별 반응을 얻지 못했다. 이후 비틀즈에 의해 리메이크되면서 큰 인기를 끌게 되었다. '

클럽 공연을 마치고 난 뒤 샘은 아버지의 친구와 이야기를 나누며 가스등 계단을 내려온다. "1968년 네가 꼬마일 때 우리 밴드는 대단했어. 네 아버지가 진짜 대단했지"라며 옛날 일을 떠올리던 아저씨는 로즈의 사인을 그에게 부탁한다. 센트럴의 더델스트리트에 있는 가스등 계단은 〈금지옥엽〉 외에도 〈천장지구〉의 마지막 장면과 〈희극지왕〉의 첫 장면이 촬영된 곳이기도 하다. 〈천장지구〉의 유덕화는 복수를 위해 가스등 계단을 우러러

1 공연을 끝내고 가스등 계단을 내려오는 샘(장국영)
2 가스등 계단은 홍콩영화에 단골 촬영지다
3 자영(원영의)이 오디션을 보러 왔던 프린지 클럽
4 샘이 친구(증지위)와 브런치를 먹었던 카페 데코
5 카페 데코는 실제로 장국영이 좋아하는 곳이었다

233

보며 비장하게 그 길을 올라갔고, 〈희극지왕〉의 장백지는 교복을 차려입고 이곳을 내려와 술집으로 출근했다. 영화 촬영지로 자주 등장하니 홍콩 영화를 '좀 봤다'고 하는 사람들은 딱 보면 알아차릴 수 있을 것이다.

가스등 계단에서 멀지 않은 곳에 '프린지 클럽'이 있다. 이곳은 영화 속에서 샘의 음반기획사로 등장했다. 어느 날, 샘과 로즈의 소속사에서 남자 신인가수를 뽑는 오디션을 여는 데, 오디션장 역시 바로 이곳이다. 오디션에는 정말 다양한 출연자들이 참가해 실력을 겨룬다. 프린지 클럽의 실내와 건물 벽, 옥상에 이르기까지 곳곳에 스타를 꿈꾸는 홍콩 젊은이들의 자유분방한 에너지로 가득 찬다. 그리고 이곳에서 샘과 자영의 운명적인 첫 만남이 이뤄진다. 샘과 로즈의 열광적인 팬인 자영은 자신의 우상들을 한 번 보고 싶은 마음에 급기야 남장을 하고 오디션에 왔다. 샘은 엉겹결에 자영을 합격시키고, 자신의 집에서 합숙을 하면서 셋의 관계는 복잡해진다.

로즈의 공연 출장으로 인해 자영과 단둘이 집에 남게 되자, 자영을 게이라고 의심하는 샘이 자신의 방문이 혹시 열리지 않을까 확인한다. 누가 봐도 그가 완력으로 자영을 제압할 수 있을 것 같은데도 겁을 먹고 경계한다. 다음날 샘은 게이 친구를 만나 브런치를 먹으며 자영에 관한 이야기를 나눈다. 심각한 샘과는 달리 친구의 대답이 명쾌하다. "너도 게이 아냐?"

그들이 브런치를 즐기던 곳은 '카페 데코'다. 언제나 관광객으로 붐비는 곳이기에 어지간해서는 그들이 앉았던 창가 자리를 차지하기 힘들다. 내가 장국영을 추억하기 위해 이곳을 찾았을 때는 평일 낮인지라 다행히 자리가 비어 있었다. 샘처럼 나도 하우스 와인을 한 잔 시켰다. 그 덕에 대낮부터 얼굴이 벌건 채로 피크트램을 타고 내려와야 했다. 장국영처럼 술을 잘 마실 줄 안다면 좋으련만.

우디 앨런처럼

〈금지옥엽〉의 인기로 속편 〈금지옥엽2〉도 제작됐다. 힘든 과정을 거쳐 서로의 사랑을 확인한 샘과 자영은 〈금지옥엽2〉에서 동거를 시작한다. 자영이 드디어 신인가수상을 받은 날, 집에서 가면무도회를 연다. 샘은 우디 앨런의 얼굴 가면, 자영은 우피 골드버그의 얼굴 가면을 쓴다. 그리고 이들이 사는 맨션에 새로 이사온 방염매^{매염방}도 역시 우피 골드버그의 얼굴 가면을 쓰고 파티에 등장한다. 방염매를 자영으로 오인한 샘은 그녀와 하룻밤을 보낸다.

영화를 처음 봤을 때부터 하필 많은 가면들 중에 우디 앨런과 우피 골드버그일까 궁금했다. 결국 내 마음껏 추리를 해보았다. 알다시피 우디 앨런은 아카데미 시상식에 절대 나타나지 않는 '자유로운 영혼'으로 유명하다. 영화를 평가하고 등수를 매겨 상을 준다는 것 자체를 이해할 수 없다는 원칙 때문이다.

1977년 〈애니 홀〉이 아카데미상을 수상했을 때, 우디 앨런은 시상식장에 가지 않고 뉴욕 맨해튼에 있는 단골 클럽인 '마이클스 펍'에서 클라리넷을 연주했다. 실제로 그는 일찌감치 뉴올리언스 재즈에 심취해 클라리넷을 배웠고 매주 월요일이면 마이클스 펍에서 연주를 했다(지금은 하지 않는 것으로 안다). 바로 〈금지옥엽〉 첫 장면에서 클럽 밴드 공연 때문에 연말 시상식에 참석하지 않은 샘^{장국영}의 모습과 똑같다.

2012년 아카데미에서도 〈미드나잇 인 파리〉가 각본상을 수상했지만, 시상자인 안젤리나 졸리는 봉투를 열며 "아카데미는 우디 앨런에게 축하를 보내며, 그를 대신하여 이 상을 잠이 안 올 때면 하늘을 봤어요.
그러면서 별과 별똥별을 좋아하게 됐죠.
순간적이기 때문에 더 아름답잖아요.

- 영화 <유성어>, 영의 대사 중에서

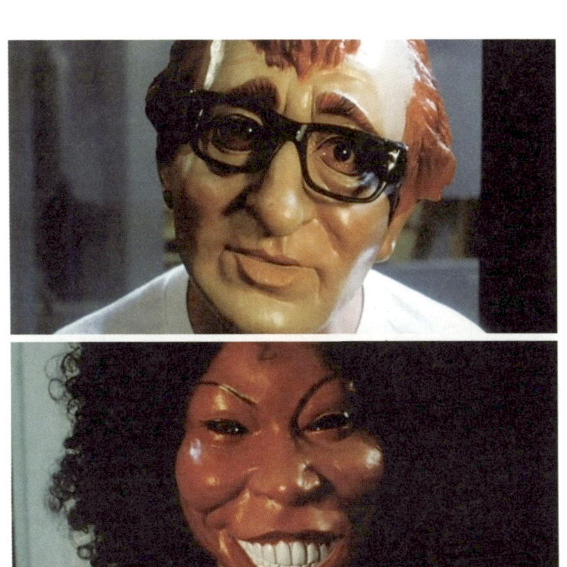

받겠습니다"라고 말하고 넘어갔다.

그러나 장국영이 세상을 뜨기 한 해 전인 2002년, 우디 앨런은 우피 골드버그의 소개로 열광적인 기립박수를 받으며 아카데미 시상식에 등장했다. 그러니 아카데미에서 우디 앨런을 소개하며 '대신하여 이 상을 받겠습니다'가 아닌 '우디 앨런을 이 자리에 모시겠습니다'라고 말한 유일한 사람이 바로 우피 골드버그라고 할 수 있다.

그가 2002년 아카데미 시상식에 등장한 것은 9.11 이후 뉴욕을 기리는 뜻 깊은 영상물을 소개하기 위해서다. 그는 뉴욕에 대한 남다른 애정을 표했다. "나는 뉴욕을 위해서라면 무슨 일이든 할 수 있어요. 그래서 난생 처음 턱시도를 입고 이렇게 나왔습니다. 뉴욕은 영화의 도시에요. 나는 뉴욕의 영화 세트에서 어린 시절을 보냈습니다. 뉴욕은 영화 속에서 늘 낭만적이고 멋진 배경이죠. 뉴욕은 언제나 훌륭한 도시로 남아 있을 겁니다."

그의 소감에서 뉴욕을 홍콩으로 바꿔 말하면 장국영의 얘기나 다름없다. 우디 앨런의 뉴욕은 장국영의 홍콩이고, 우디 앨런의 맨해튼은 장국영의 센트럴이다. 안타깝게도 진가신 감독과 2번이나 만날 기회가 있었음에도 물어보지 못한 것 중 하나가 바로 이것이다. 왜 장국영에게 우디 앨런 가면을 쓰게 한 것인지, 혹시 본인이 원한 것은 아니었는지 말이다. 분명한 건 장국영은 꿈을 꾸었다. 감독 겸 배우인 우디 앨런처럼 사랑하는 도시 홍콩에서 행복하게 그만의 영화를 만드는 꿈을.

어설프지만 풋풋한

장국영은 어느 순간 영화 속에서 행복하거나 자유롭지 못했다. 〈패왕별희〉 이후 관객들이 기대하는 그의 모습은 결국 비감悲感에 찬 모습이었다. 어느 순간부터 그는 영화 속에서 웃음을 잃었다. 그도 인터뷰에서 얘기한 적 있다. "이제 내가 더 이상 〈H2O〉나 〈위니종정〉같은 영화에 출연할 수 없다는 걸 안다. 사람들이 나에게 바라는 모습이 달라졌다. 진지한 배우로 인정받는 것이 뿌듯한 일이긴 하지만, 사람들의 기대가 높아져서 예전으로 돌아가기 힘든 것도 사실이다."

감독들이나 관객들은 하나같이 그가 위태로운 상황으로 몰리고 슬프고 아픈 캐릭터를 연기할 때 열광했다. 물론 그것이 '배우 장국영'의 절대적 자리를 만들어준 것이긴 하지만, 이제 와서 생각하면 너무 미안하다. 장국영의 연기를 보면서 느꼈던 감동은 결국 그가 상처받고 부서지는 모습을 모른 척 하는 일과 같은 것이었다. 그래서 첸 카이거의 〈풍월〉이나 왕가위의 영화들을 다시 보는 것이 괴롭다. 언제부턴가 불가능해진 '해피 투게더'.

그래서 그의 초창기 영화들을 볼 때 더 마음이 편하다. 장국영은 스스로도 기억하고 싶지 않을 3급전영(쉽게 말해 미성년자 관람불가) 〈홍루춘상춘〉1978으로 영화계에 데뷔했다. 이어 〈갈채〉1980에서 가수 지망생을 연기했다. 이 영화에서 생긴 대로 노는 반항아 이미지를 보여준다. 하지만 이때까지만 해도 장국영의 연기력은 그야말로 '발연기'라고 할 수 있었다.

배우 장국영의 존재감을 처음 인상적으로 드러낸 작품은 곽요량 감독의 〈실업생〉1981이다. 홍콩 고3 학생들의 미래에 대한 고민과 방황을 그린 이 영화에서 장국영은 찢어지게 가난한 집에서 자란 문제아 '지영'을 연기했다. 지영은 전학 온 부유한 집안 아들 가보진백강와 친해진다. 지영과 가보는 여자 선생의 속옷 색깔 맞추기, 이웃 여학교 훔쳐보기 등 여느 학원물의 남학생들처럼 장난을 치며 시간을 보낸다. 하지만 지영은 어려운 가정 형편 때문에 호텔 화장실 청소부로 취직한다. 그 화장실에서 가보

241

의 아버지와 마주치며 지영은 마음에 큰 상처를 입는다. 학교 친구들은 지영의 집안 사정을 자세히 알 수 없었기 때문이다. 이후 지영은 호텔에 자주 드나드는 유한마담을 알게 되면서 지골로로 살아간다. 급기야 마약에도 손을 댄다. 나는 방황하는 지영의 눈빛에서 놀랍게도 〈해피 투게더〉의 '보영'의 모습을 보았다.

〈홍루춘상춘〉, 〈갈채〉에서 발연기를 하던 장국영이 불과 1년 만에 이처럼 일취월장한 연기력을 보여줄 수 있었던 까닭은 무엇일까. 장국영과 〈가유희사〉 등을 함께 했던 고지삼 감독은 그의 장점이자 단점이 '캐릭터에 지나치게 몰입하는 것'이라고 말한 적 있다. 이때부터 그는 자신을 잊고 캐릭터에 완전히 녹아들 줄 알았다는 말 이외에는 달리 표현할 방법이 없다.

장국영은 데뷔작인 〈홍루춘상춘〉에서 이미 정사신을 연기했다. 배우 초창기 작품인 〈갈채〉, 〈열화청춘〉, 〈충격21〉, 〈영몽가락〉에도 어김없이 노출신이나 정사신이 등장했다. 특이하게도 장국영은 오히려 나이가 들면서 노출이나 러브신이 없었다. 예외라면 〈해피 투게더〉 정도. 1970~80년대 홍콩 감독들에게 장국영은 《베니스의 죽음》의 미소년 타지오 같은 존재였을지도 모른다. 당시의 또래 배우들에 비해 유독 장국영에게 진한 러브신이나 노출신이 주어졌던 것은 아시아권에서 보다 일찍 발견한 퀴어 코드일 수도 있고, 절대적 미의 결정체에 대한 매혹일 수도 있다. 그렇다. 그는 홍콩 영화계에서 어디에도 없던 미소년이었다. .

243

낡은 비디오 테입과 유튜브

〈실업생〉과 더불어 애정이 가는 작품은 〈우연〉[1986]이다. 장국영과 매염방의 인기에 편승해 만들어진 이 작품은 영화 속 유명가수인 로이[장국영]와 댄서인 아니타[매염방]의 힘겨운 사랑의 과정을 그리고 있다. 영화가 시작하면 반듯한 사각형 지붕의 홍콩 홍함체육관이 보이고, 로이의 콘서트 장면이 나온다. 콘서트를 마치고 로이는 자신의 공연 백댄서인 아니타와 하룻밤 사랑을 나눈다. 그러나 둘의 관계는 발전하지 않는다. (〈금지옥엽2〉의 샘-방염매와 비슷하다)

이후 로이는 우연히 만난 줄리아[왕조현]를 보고 한눈에 반한다. 그런데 알고 보니 줄리아는 로이의 아버지의 젊은 여자친구인 것. 결국 로이는 실연의 아픔을 이기지 못하고 돌연 유럽으로 떠난다. 로이는 프랑스에서 베트남 여자 유신[엽동]과 사귀게 되지만 그녀가 불치병에 걸린 것을 알고 상심한다. 유신은 로이에게 아무것도 해줄 수 있는 게 없다며 홍콩으로 돌아가라고 한다. 실의에 빠진 그를 도와주기 위해 아니타가 파리로 온다. 하지만 로이는 그녀에게 매몰차다. 화가 난 그녀는 "넌 아직도 어린애야. 살면서 이런저런 일들을 겪겠지만 어리석은 짓으로 자신을 그르

치지 마"라며 로이의 뺨을 때린다. 쓸쓸히 떠나는 그녀에게 로이는 자신이 작곡한 노래를 건네준다. 홍콩으로 돌아온 아니타는 홍함체육관에서 그의 노래 '자색적애'를 부른다. "사랑하는 사람은 떠났어요. 저 무지갯빛 너머로 내 사랑은 가버렸어요."

영화를 보다가 문득 그는 노래할 때 가장 자유롭지 않았을까, 라는 생각이 들었다. 가공의 이름이 아닌 오롯이 자신의 이름으로 설 수 있었던 곳. 누군가에 의해 만들어진 삶이 아니라 자신의 삶을 스스로 만들 수 있었던 곳. 그곳은 아마 그가 노래하는 무대였지 않을까. 특히나 그가 우울하고 슬픈 역에 몰입하여 감정 소모가 힘든 시절에는 더더욱 그랬을 것이다.

나는 종종 자유롭게 노래하는 그를 보기 위해 유튜브에서 그의 지난 무대들을 더듬곤 한다. 밤새 그의 공연실황과 뮤직비디오들을 찾다보면 훌쩍 시간이 지나간다. 홍함체육관에서 수도 없이 열렸을 그의 콘서트에 가지 못했던 것이 아쉽다.

ESLIE CHEUNG

꿈 夢

그는 꿈꾸지 않은 적이 없었다

아니, 십 년 넘게
영화 만드는 일을 하고 있어
결코 다른 일을 할 생각은 없어

색정남녀 色情男女 : Viva Erotica, 1996

영화 〈색정남녀〉에서 주인공 아성장국영은 두 편의 영화를 시원하게 말아 먹은 무명 영화감독이다. 애인의 집에 얹혀 살던 그에게 어느 날 영화 제안이 들어온다. 기쁜 마음도 잠시 제작사에서 요구하는 건 에로영화를 만들라는 것. 아성은 어쩔 수 없이 제안을 받아들인다. 촬영 초반에 아성이 자신의 스타일대로 영화를 찍는데, 촬영감독이 '삼류영화에 무슨 들고찍기hand-held camera냐'며 불평을 한다. 촬영감독을 연기한 배우의 실제 직업 역시 촬영감독이며 과거 〈아비정전〉의 촬영부였다. 게다가 아성이 찍은 1차 편집본을 본 관계자들이 '왕가위처럼 흘려 찍었다'며 비난한다. 이후 영화는 아성이 왕가위의 그림자로부터 벗어나 자기만의 스타일을 확립해가는 과정을 그린다.

아성은 영화를 찍으면서 계속 난관에 부딪힌다. 특히 과감한 야외 로케이션을 감행하는데, 그 장소가 침사추이 페닌슐라 호텔 건너편 홍콩우주박물관 앞의 공중전화박스다. 이곳을 가본 사람들이라면 알겠지만 홍콩섬의 센트럴과 더불어 가장 유동인구가 많은 길목이다. 심지어 이곳에서 찍는 장면이 대낮의 공중전화 부스에서 벌어지는 강간신이다. 에로배우 몽교서기는 "거리 한복판에서 이래도 돼요?"라고 항변하지만 아성 역시 짜증이

장국영이 홍콩의 자랑이라고 극찬한 '더 로비'의 천장

난다. 촬영을 시작하자 몽교의 가슴과 팬티가 다 노출되고 행인들은 서로 머리 좀 치워보라며 카메라로 찍어대기에 바쁘다. 아수라장이 된 촬영장을 일행이 아닌 척 수수방관하는 선글래스 낀 아성의 눈에 현장을 지나가는 어머니가 들어온다. 모른 척 해주시는 어머니의 센스가 그를 더 괴롭게 만든다. 정말 최악이다.

이 낯 뜨거운 장면을 찍은 곳은 홍콩 침사추이 페닌슐라 호텔 건너편 홍콩우주박물관 앞이다. 페닌슐라 호텔은 홍콩에서 최고最古의 역사와 전통을 자랑하는 곳으로 중후한 외관과 우아한 기풍의 인테리어가 인상적이다. 그랜드 하얏트 호텔의 '원 하버 로드', 완차이의 '푹람문'과 더불어 장국영이 평소 가장 좋아하는 레스토랑 중 하나로 꼽은 프렌치 레스토랑 '가디스'가 있는 곳이기도 하다. 이곳의 라운지 '더 로비'도 장국영이 너무나 좋아했던 곳으로, 더 로비의 천장을 홍콩의 자랑이라고 치켜세우곤 했다. 이곳에서 인터뷰를 하다가 "나보다 더 이곳에 잘 어울리는 배우는 없을 것"이라며 벌떡 일어나기도 했다고.

그렇게 생각하면 〈색정남녀〉의 야외 정사신은 더더욱 곤혹스럽다. 영화 속 보조연기자가 아니라 진짜 행인들이 봐도 '장국영이 이상한 영화를 찍고 있네?' 혹은 '장국영 요즘에 저런 영화에 나오나봐, 안 됐다'라고 말할 수 있는 수준이기 때문이다. 하지만 정작 영화 속 영화를 찍는 아성 역의 장국영은 어쩌면 조금은 행복했을 지도 모르겠다. 비록 실패한 무명 감독 역이라 할지언정 자신의 꿈을 이룬 셈이기 때문이다.

가만히 생각해보면 이 장면은 '영화 속 무명감독 아성'이 아니라 '현실의 장국영'에 더 포커스가 맞춰진 것 같다. 자존심이 발가벗겨지고 창의력 고갈로 비난 받는 아성은 실제 현실의 장국영과 그리 멀지 않다. 영화감독 데뷔를 꿈꾸던 장국영에게 이 정도의 모멸감을 이겨낼 수 있어야 비로소 감독이 될 수 있다는, 영화적 테스트랄까. 이처럼 〈색정남녀〉의 이동승 감독은 장국영의 내면을 꿰뚫어본 몇 안 되는 감독 중 하나였다. 비록 장국영이 주성치의 출연 무산으로 인한 두 번째 캐스팅이었을지 몰라도, 이 영화를 통해 두 사람은 진정으로 깊은 교류를 나눴다.

그가 꾼 꿈들

장국영은 꿈이 많았다. 되고 싶은 것도 배우고 싶은 것도 많았다. 어린 장국영이 꿈꿨던 장래희망은 의사와 파일럿이

251

었다. 하지만 손을 떠는 유전체질이 있어 의사가 될 수 없었고, 심각한 고소공포증은 아니었지만 높은 곳을 좋아하지 않아 파일럿도 될 수 없었다. 비행기 타는 것을 그리 좋아하지 않던 그였다. 방직을 공부하러 영국 리즈대학교로 유학을 갔지만 중도에 학업을 그만둘 수밖에 없었다. 술을 좋아했던 아버지가 역시 그 놈의 술 때문에 반신마비가 됐기 때문이다. 아버지와 같은 집에서 지낸 시간이 평생 열흘도 되지 않는 그가 아버지 때문에 남은 학기를 그냥 포기해버렸다.

이후 그가 구체적으로 얘기했던 꿈은 바로 인테리어 디자이너다. 1990년 은퇴를 결정한 이후 잡지 〈호외〉號外와 가졌던 마지막 인터뷰에 보다 구체적으로 드러나 있다. 나는 이 인터뷰를 보기 위해 거금을 들여 〈호외〉 30주년 기념호를 구입했다. 인터뷰에서 장국영은 건축과 설계 등에 관심이 많다며 실내 장식가가 되고 싶다고 말했다. 그러면서 가장 좋아하는 디자이너로 아일랜드 출신의 여성 디자이너 아일린 그레이Eileen Grey를 꼽았다. 1920~30년대 모더니즘 디자인의 선구자로 인정받는 그녀는 런던 슬레이드 미술학교에서 공부했고, 일본인 스승 세이조 스가와라로부터 수공예를 배웠다. 어두운 색과 추상적인 문양이 그

잡지 〈호외〉 30주년 기념호의 장국영 박스 표지

녀의 특징이었다. 아르데코 양식의 대표적 인물로 언급되긴 하지만 기존의 장식적 스타일이 아니라 기능적 스타일에 강하여 사용자가 쓰기 편한 디자인, 그러니까 디자인이 사용자에게 봉사해야 한다는 입장에서 디자인했다. 아일린 그레이와 그 작품들, 그리고 장국영 사이에는 묘하게 연결되는 지점이 있다.

고도의 양식적 명품을 추구하다가 점차 기능적으로 변해갔던 아르데코처럼 배우로서 장국영의 삶과 이미지 또한 그러했다. 장국영처럼 친근하고 인간적인, 하지만 때로는 극도로 예민하고 차가웠던 배우가 있을까. 함께 언급한 건축가는 1949년 프라하 출생의 보렉 시펙Borek Sipek이다. 프라하에서 실내 디자인을 공부하고 함부르크로 옮겨 와 건축을 전공한 그는 성(城) 재건축으로 유명한 대단한 건축가이자 요리사다.

아일린 그레이와 보렉 시펙의 공통점을 찾자면 주류 국가가 아닌 아일랜드와 체코 출신이라는 점, 자신의 고향을 떠나 작업의 주무대를 여러 번 옮겨 다녔다는 점, 그리고 본업 외에 건축이나 요리에서도 뛰어난 재능을 발휘했다는 점이다. 장국영의 자유로운 품성과 욕심을 읽을 수 있는 대목이지 싶다.

잃어버린 열쇠

장국영의 마지막 꿈은 영화감독이었다. 그는 늘 최고의 감독들과 함께 했다. 주윤발이 왕가위 영화에, 주성치가 오우삼 영화에, 유덕화가 관금붕 영화에, 성룡이 진가신 영화에 출연하는 걸 상상하기 힘들지만 장국영은 이 모든 감독들과 작품을 했다. 그리고 그들의 필모그래피에서 대표작으로 꼽히는 영화에는 꼭 장국영의 이름이 있었다. 그는 영화라는 '보물'을 여는 '열쇠'가 감독이라고 생각했다. 스스로 그 열쇠가 되는 것으로 영화를 향한 자신의 사랑을 최종적으로 완성하려고 했다. 이를 위해 가수 활동을 자제하겠다는 생각을 밝히기도 했다. "음악 활동은 정기적으로 앨범을 발매하는 방식이 아니라, 영감이 떠오를 때 내 음악을 좋아하는 사람들만을 위해 노래할 생각이다. 그리고 배우와의 겸업에 대해서는, 이후 일이 순조롭게 풀린다면 로버트 레드포드처럼 감독과 주연을 겸할 수도 있을 것이다."

실제로 장국영은 1999년 크랭크인을 목표로 장편 영화를 준비했었다. 나는 이것 때문에 장국영이 왕가위와 결별한 게 아닐까라고 조심스럽게 추측한다. 자신의 작품을 준비하면서 촬영 과정이 고되고 촬영시간 자체가 많이 걸리기로 유명한 왕가위의 영화에 출연하기가 버거웠을 것이다. 게다가 "배우를 바둑판 위의 바둑알 정도로만 여긴다"며 종종 왕가위와의 편치 않은 관계를 드러내기도 했던 그로서는, 도무지 이야기가 어떻게 흘러가는 지 알 수 없는 왕가위 영화에서 더 배울 게 없다고 여겼는지도 모른다. 어쨌건 감독을 꿈꾼 장국영과 왕가위는 필연적으로 헤어질 수밖에 없는 운명이었다고 생각한다.

잡지 〈호외〉 30주년 기념호의 장국영 박스 표지 사진을 언뜻 보면 〈패왕별희〉의 스틸사진으로 생각하겠지만, 사실 그는 영화 속에서 그런 모습으로 나온 적이 없다. 〈패왕별희〉에서 장국영은 경극 〈패왕별희〉의 우희, 〈귀비취주〉의 양귀비, 〈목단정〉의 두여랑, 세 사람을 연기했는데 특이하게도 사진 속 분장은 〈백사전〉의 백소정이다. 장국영이 실제로 가장 좋아한 경극이 바로 〈백사전〉이었고 언젠가 꼭 영화로도 만들고 싶어 했다. (서극 감독의 영화 〈청사〉(1993)에서 왕조현이 바로 천년 묵은 백사 백소정을 연기했다)
〈패왕별희〉의 캐스팅이 결정되기 전, 데이 역을 탐냈던 장국영이 그 역할에 자신이 어울린다는 사실을 첸 카이거 감독에게 보여주기 위해 찍은 것이다. 첸 카이거는 원래 〈마지막 황제〉의 존 론을 염두에 두고 있었으니, 결국 장국영이 해낸 셈이다.

연비연멸 煙飛煙滅 : From Ashes To Ashes, 2000

섬세하지만 고지식한

아쉽게도 그는 감독 데뷔의 꿈을 이루지 못했다. 그렇다고 그가 메가폰을 잡은 적도 없는 것은 아니다. 그는 2000년에 단편영화 〈연비연멸〉을 직접 연출했다. 〈연비연멸〉은 RTHK 방송국과 정부의 지원을 받은 금연 홍보 영화다. 나는 영화가 시작하고 '張國榮作品'(장국영작품)이라는 자막이 뜰 때 순간 울컥했다. 아마도 그가 느낀 감격은 더 컸을 것이다.

영화의 스토리는 사실 단순하다. 사진작가인 로렌스장국영와 연예기획사 대표인 글래디스매염방는 어린 아들을 하나 둔 부부다. 로렌스의 조카인 데이브왕리홍는 평소 열렬한 팬이었던 글래디스의 회사 소속인 카렌막문위과 연인 사이가 된다. 로렌스와 글래디스 부부는 집에서나 회사에서나 엄청나게 담배를 피워댄다. 그러던 어느 날, 아이가 쓰러져 병원으로 실려 간다. 의사모순균의 진단 결과, 병명은 백혈병이며 간접흡연이 가장 큰 요인으로 밝혀진다.

단편이라 하더라도 〈연비연멸〉에는 감독 장국영에 대해 유추해볼 수 있는 단서들이 많다. 먼저 스타일상으로 보자면 특별한 효과나 비약 없이 담담하게 흘러간다. 앵글이나 기법적인 측면은 물론이고 스토리를 풀어가는 방식 역시 굉장히 절제돼 있다. 또한 최대한 현실적인 모습을 보여주기 위해 의사와 간호사들을 만나 치밀하게 자문을 구했다고 한다. 영화 속 의사로는 모순균이 나오지만 그 외 다른 의사나 간호사들은 전문연기자가 아니라 실제 의사와 간호사들이다. 감독 장국영은 고집스런 리얼리스트의 면모를 보여준다.

그와 동시에 장국영, 매염방 부부와 막문위, 왕리홍 커플의 이야기를 부차적으로 끌고 들어온다. 누군가는 사랑을 잃고 누군가는 사랑을 얻는다. 짧은 러닝타임 안에 중첩된 이야기 구조를 배열하는 솜씨가 신인답지 않다. 한편, 카렌^{막문위}이 집에서 쉬며 읽고 있는 책은 바로 아서 골든의 《게이샤의 추억》이다. 〈성월동화〉 촬영 후 친누나로부터 이 책을 선물 받은 장국영은 무척 감명 깊게 읽었고 영화에도 소품으로 등장시켰다.

〈연비연멸〉에는 배우 임달화의 부인 '키키'가 로렌스^{장국영}의 모델 역으로 우정출연한다. 그녀는 실제 모델 출신으로, 영화에 몇 번 출연한 적은 있지만 거의 단역에 가까운 역만 맡아 배우라고 보긴 힘들다. 〈연비연멸〉에서도 딱히 대사가 없다. 하지만 영화 속에서 데이브^{왕리홍}가 '메이크업도 직접 다 하세요'라며 그녀에 대해 감탄하듯 말하자, 로렌스가 "네가 어렸을 때 장 폴 고티에의 패션쇼에 나섰던 수퍼 모델이야"라고 친히 말해준다.

〈도둑들〉로 한국에 왔던 임달화를 만나 인터뷰했을 때, 그는 장국영의 죽음을 안타까워하며 부인 얘기를 꺼냈다. "부인은 영화에 출연한 경험이 많지 않았습니다. 생각이 없었다기보다는 계속 모델 일로 바빴죠. 그런데 〈연비연멸〉 출연 제의를 받았습니다. 이미 장국영과는 〈유성어〉에서 호흡을 맞춘 적 있어, 대사도 없는 역할이지만 굉장히 좋아했죠. '나중에 장국영이 진짜 감독이 되면 나를 캐스팅해주지 않을까?'라며 함께 들떠서 농담을 하기도 했더랬죠. 더 고마웠던 건 단지 영화에 잠깐 등장하는 모델처럼 다루지 않고, 그가 대사를 통해 부인에 대해 좋게 얘기해준 겁니다. 당시 부인과 내가 장국영의 그 배려심에 감동했던 기억이 나네요. 키키가 그의 작품에 다시 출연하는 것을 보고 싶었는데 정말 안타깝습니다."

그런 배려심을 느낄 수 있는 대목은 또 있다. 백혈병 증상으로 아들의 몸에 멍이 드는데, 그것을 발견한 로렌스[장국영]는 처음에 동남아 출신 가정부를 의심한다. 하나 밖에 없는 아들, 바빠서 잘 보지도 못하는 아들의 상처에 충분히 그럴 수 있다. 그

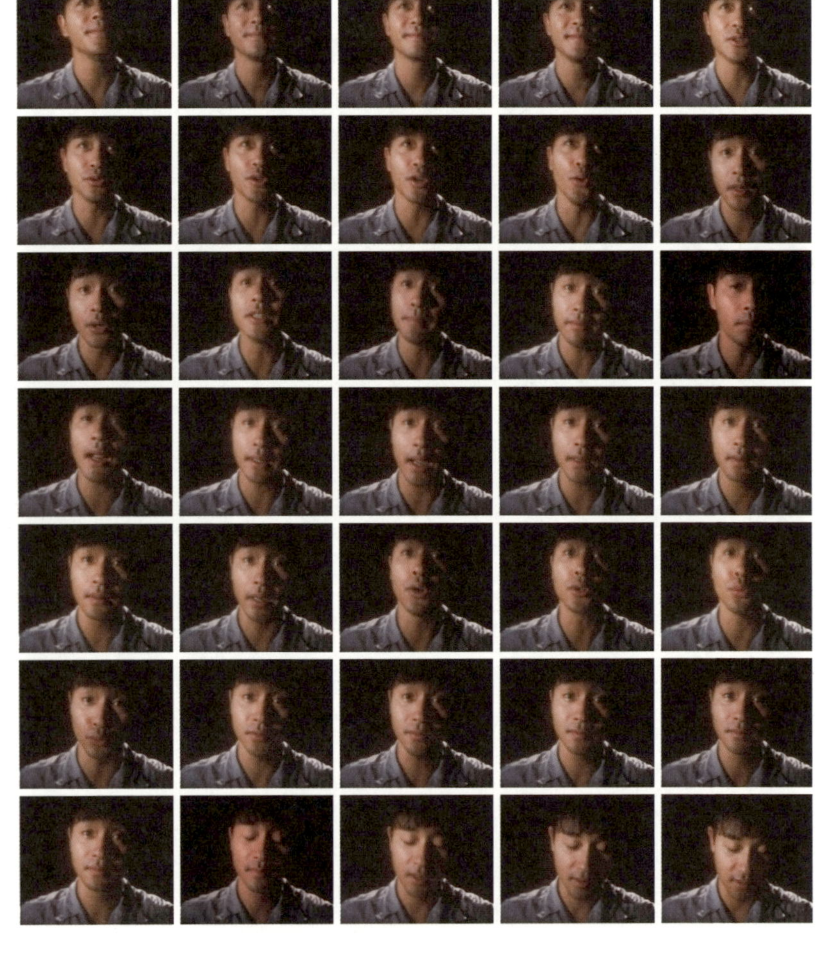

런데 그게 미안했던지, 나중에 가족여행을 가는 장면을 보면 오픈 카에 가정부까지 함께 데리고 여행을 간다. 나중에 아들이 병실에 있을 때도 복도에서 걱정스런 표정으로 노심초사하는 가정부의 옆모습을 클로즈업으로 담아낸다. 지금껏 수많은 홍콩영화를 봐 왔지만 동남아인 가정부와 홍콩인 가족이 함께 여행을 떠나는 장면을 본 기억이 없다.

게다가 보통이라면 가정부 역할의 보조출연자에게 그저 하루 일당만 지급하고 "아들의 등에 난 멍 자국에 대해 아는 거 있어요?"라고 따져 묻는 실내장면만 촬영하고 끝냈을 것이다. 그러나 장국영은 굳이 여행 장면과 병원에 그녀를 등장시킨다. 짧은 단편영화를 만드는 그 와중에 그녀는 최소 3번 이상 등장한다. 단편영화의 예산으로 봐도, 러닝타임으로 봐도 참 쓸데없는 짓이다. '누가 그런 장면까지 신경 써서 보겠어?'라고 다 반대해도 그는 꼭 그래야 한다고 고집을 부렸을 것이다. 맨 처음 10분 정도로 기획했던 단편이 30분을 넘긴 건 아마도 그의 그런 성격 때문일 테다. 배려심 넘치는 완벽주의자 장국영.

다시 처음의 〈색정남녀〉로 돌아가자. 영화의 마지막에서 아성은 느닷없이 카메라를 향해 "영화 어때요, 마음에 드세요? 괜찮죠?”라고 관객에게 묻는다. 리얼리즘 드라마로 이어져 오던 영화에서 정말 뜬금없는 장면이다. 그건 감독 아성의 말일까, 아니면 배우 장국영의 말일까, 혹은 장국영의 입을 빌린 이동승의 말일까.

보통 ‘영화 속 영화’는 실제 그 영화 제목과 다른 경우가 대부분이다. 프랑수아 트뤼포의 〈아메리카의 밤〉1973에서 영화 속 영화감독인 트뤼포가 만드는 영화의 제목은 〈파멜라를 찾아서〉이며, 우디 앨런의 〈할리우드 엔딩〉2002에서 영화 속 영화감독인 우디 앨런이 작업하는 영화는 〈잠들지 않는 도시〉다. 하지만 〈색정남녀〉 안에서 아성이 만든 영화 제목은 똑같이 〈색정남녀〉다. 아마도 이동승은 자신이 감독이지만 그 순간만큼은 영화 속 영화를 만든 감독에게 온전히 바치기로 한 건 아닐까. 이건 내가 아닌 장국영 네가 만든 영화라는 의미로. 그렇다면 〈색정남녀〉를 장국영의 첫 번째 장편영화라고 가슴에 품어보는 건 어떨까.

ESLIE CHEUNG

아쉬움 歎

채 우 지 못 한 한 조 각

무엇을 두려워하지
당신에게 이렇게 많은 모습이 있는데
내가 하나를 버려도 다른 모습이 있잖아

이도공간 異度空間: Inner Senses, 2002

장국영의 유작으로 알려진 〈이도공간〉은 일본 호러 영화의 관습들을 뒤섞어 만든 영화이지만, 귀신이 공격하고 인간이 방어하는 개념이 아니라 귀신과의 스킨십이 등장한다는 점에서 나름 독창적이다. 장국영은 낡은 아파트로 이사한 후 귀신이 보인다고 말하는 환자 얀[임가흔]을 상담하는 정신과 의사 짐 역을 연기한다.

짐과 얀의 관계가 가까워질 무렵, 영혼이나 귀신을 믿지 않는 짐의 눈에 원혼이 보이기 시작한다. 그 원혼은 어린 시절 짐과 사랑을 나누었던 옛 여자친구다. 중학생이었던 그들은 함께 기르던 병아리 두 마리가 죽자 양지바른 곳에 묻어주었다. 그때 여자친구가 "아름다운 것들은 저렇게 사라져 가나봐. 내가 죽으면 너 어떻게 할 거야?"라고 물었다. 어린 짐은 그녀에게 약속했다. "나도 따라 죽을 거야. 널 혼자 두지 않을 거야. 함께 갈 거야." 하지만 짐은 점점 그녀의 집착을 견디지 못했다. 여자친구는 '과연 네가 약속을 지키는지 보자'라는 무서운 표정으로 자해까지 하지만 짐은 결국 뒤돌아섰다. 그리고 그녀는 투신자살했다. 죽어서도 짐을 괴롭히는 그녀. 그녀가 뛰어내렸던 건물 옥상까지 쫓긴 짐은 모든 것을 체념한다. "내가 죽어서 네가 행복할 수 있다면, 지금 여기서 당장 죽을게. 죽어서 이제 너와 하나가 된다면 모든 걸 다 잊고 용서해 주겠니?"

그의 마지막 작품이라는 사실과 맞물려 영화 속에서 내내 불면증과 신경쇠약에 시달리는 짐의 모습이 현실의 장국영과 자연스레 겹쳐졌다. 우리가 볼 수 없었던 그의 일상이 얼마나 고통스러웠을까, 라는 생각을 러닝타임 내내 떨쳐버릴 수 없었다. 영화 속에서 짐은 얀이 자기성취예언Self-Fulfilling Prophecy 환자라고 진단한다. 이는 타인의 기대나 믿음이 자신의 행동에 영향을 주는 것으로, '피그말리온 효과'나 '플라시보 효과'와도 비슷하다. 어쩌면 장국영이 겪었던 고통의 근원이 바로 자기성취예언으로 인한 것은 아닐지 생각했다. 극 속에서 버려지고 상처 받길 기대하는 사람들과 지나치게 자신의 캐릭터에 몰입하던 그였기에.

짐은 결국 자신을 괴롭히는 원혼에게 용서를 구하기 위해 입을 맞춘다. 그러자 원혼은 그의 곁을 떠나고 살아남은 짐이 얀과 주저앉아 아침을 맞는 것으로 결말을 맺는다. 영화는 해피엔딩이다. 하지만 그는 정말 죽음과 입 맞추었다.

너무나 원했기에

그가 〈이도공간〉을 촬영하며 작품에서 헤어나오지 못해 우울증에 시달렸다고들 하지만 사실은 좀 다르다. 2002년 초, 〈이도공간〉 촬영을 마치고 장국영은 감독 데뷔작 〈투심〉偸心을 본격적으로 준비했다. 시나리오와 장소 헌팅, 캐스팅 등 챙겨야 할 일이 많아서 우울증에 빠질 겨를조차 없었다. 자기 영화 준비 때문에 소홀히 한다는 소리를 들을까봐 〈이도공간〉 홍보에도 적극적이었다. 스스로 '이렇게 많은 홍보 인터뷰를 한 것은 〈이도공간〉이 처음'이라고 말할 정도였다. 일본 등 해외에서의 콘서트 제안도 들어왔지만 작품 준비에 집중하기 위해 다 거절했다.

〈투심〉은 1940년대 청도를 배경으로 두 남자와 한 여자의 사랑 이야기를 그린 작품이다. 스토리는 대략 이렇다. 젊은 피아니스트와 명문가의 딸이 사랑에 빠진다. 하지만 여자의 집에서는 그녀를 사촌 오빠에게 시집보내려 한다. 여기까지는 〈야반가성〉과 얼핏 비슷하다. 그러나 흥미로운 것은 집안의 반대로 인한 사랑의 고통이 문제가 아니라 피아니스트의 정체다. 사실 피아노를 잘 치지 못하는 그는 여자의 마음을 얻기 위해 레코드판을 틀어서 그녀를 속인 것이다.

바람아 계속 불어라
네가 멀리 떠나는 건 견딜 수 없어

- 노래 '풍계속취' 가사, 장국영의 가족들이 신문에 이 구절을 추모글로 게재했다.

그는 〈투심〉을 위해 최고의 스탭들을 모았다. 촬영에는 〈화양연화〉 등을 촬영한 중화권 최고의 촬영감독 마크 리, 편집에는 왕가위의 미술감독으로 유명한 장숙평, 의상은 구로사와 아키라, 장예모 등과 함께 작업한 '아시아의 레전드' 에미 와다가 참여할 예정이었다. 스탭만 보자면 당시 아시아 최고 수준이었다. 주연배우에는 관금붕의 소개로 후준을 만나 출연을 약속받았다. 〈상해탄〉에서 호흡을 맞춘 영정도 '장국영의 영화라면 노 개런티라도 상관없다'며 출연을 결정했다. 그리고 가까운 친구이자 누나인 심전하를 캐스팅했다.

또 한 명의 남자 배우를 캐스팅하는 것이 난제였다. 〈영웅〉에 진시황제로 출연한 진도명은 시나리오가 완성되기 전이라 고사했다. 영정의 소개로 감독이자 배우인 강문을 만나기도 했지만 역시 불발됐다. 다만 밤새 술을 마시며 이야기를 나눌 정도로 장국영과 마음이 통했던 그는 장국영의 두 번째 영화에 꼭 출연하겠다고 약속했다. 또 장국영은 송승헌을 캐스팅하기 위해 직접 한국에 오기도 했지만 아쉽게도 무산됐다. 장국영의 영화에 출연하길 원하는 젊은 배우들은 많았을 텐데, 끝내 마지막 한 조각을 채우지 못했다.

대체 그가 바라던 배우는 어떤 사람이어야 했을까. 어쩌면 그 자리에 들어가야 할 사람은 바로 자기 자신이었을 것이다. 자신이 들어가야 퍼즐이 완성되지만, 자신은 그 퍼즐을 맞춰야 할 사람이기에 결코 채울 수 없게 된 자리. 지독한 완벽주의와 나르시시즘이 그를 우울증으로 이끈 것은 아닐까.

장국영은 청도로 촬영답사를 다녀와 이전 건축물들이 별로 남아있지 않아 정취를 살리기 힘들다는 판단으로 주요 배경을 바꾸기도 했다. 당연히 시나리오도 그에 맞춰 거듭 고쳐야 했을 터. 그렇게 영화가 답보 상태에 머물던 2002년 3월, 우울증이라는 치명적인 그림자가 그를 엄습하기 시작했다. 고질적인 위장병이 악화됐고 밤마다 불면증에 시달렸다. 주변 사람들의 회고에 따르면 이 시기부터 그가 눈에 띄게 달라지기 시작했다고 한다. 작품을 준비하며 받은 스트레스와 당학덕과의 관계에 있어 우리가 모르는 그 무언가 때문에 그는 극심한 고통을 받았던 것 같다. 그럼에도 불구하고 그는 부지런히 홍콩과 중국 대륙을 오가며 감독 데뷔를 준비했다.

당시 일간지 〈명보〉와의 인터뷰를 보면 더 안타까운 마음이 든다. "스트레스를 받을 때, 정신과 의사를 찾아가본

적 있나요?"라는 기자의 걱정스런 물음에 그는 웃으며 태연하게 대답했다. "그런 건 필요 없어요. 저는 스트레스를 어떻게 조절할 수 있는지 잘 알아요. 배드민턴과 여행이면 다 해결돼요." 하지만 그는 서서히 깊은 심연으로 빨려 들어가기 시작했다.

장국영은 장국영이었다

〈이도공간〉을 포함해 장국영의 후기작들을 보며 안타까운 마음이 드는 것은 바로 상대배우들 때문이다. 〈해피 투게더〉[1997]의 양조위 이후 상대배우와의 화학작용이 괜찮은 작품을 찾아보기 힘들다. 그들에게는 미안하지만 솔직히 말하자면 '아니, 왜 저 배우와 연기했던 거야?'라는 생각을 떨칠 수 없다. 함께 작업한 감독 또한 마찬가지다. 아마도 왕가위라는 존재가 너무나 거대했기 때문이리라. 가령 이 시기 영화들 중 〈성월동화〉와 〈유성어〉 정도가 마음에 들었고 〈타임 투 리멤버〉나 〈성월동화2〉는 끔찍했다. 〈타임 투 리멤버〉를 보면서 장국영도 이제 어쩔 수 없이 '주선율主旋律 영화'(당의 지도자들을 부각시키고 사회주의 혁명 전통을 고양하는 내용의 국책영화)에 나오는구나, 하는 생각에 착잡했다. 그저 평범한 상업영화로 받아들이면 못봐 줄 정도는 아니지만, 나 역시 그에게 기대하는 수준과 영역이 이전과 완전히 달라진 셈이었다. 그러니 '배우 장국영'이 느꼈을 고뇌가 충분히 이해가 된다. 관객이나 감독들이나 어느 순간부터 영화 속의 그가 코믹한 연기를 하거나 해피엔딩을 맞는 것을 바라지 않게 됐으니까.

그렇다고 1990년대 후반 들어 그의 인기가 휘청했던 것은 결코 아니다. 그는 여전히 앳된 미모에 가수로서나 배우로서나 변함없이 최고의 인기를 누리고 있었다. 홍콩영화가 완전히 침체기에 접어든 게 사실이긴 했지만 그의 이름은 건재했다. 그런데 왜 유독 이 시기 장국영의 필모그래피가 빈약해 보일까.

그가 〈이도공간〉을 촬영하기 직전 출연한 〈창왕〉을 보면서 생각이 좀 달라졌다. (이 작품은 한국에서 정식 개봉하지 않았고, 〈스피드 4초〉라는 괴상한 제목으로 DVD만 출시됐다) 〈창왕〉이 숨겨진 수작이라고 할 정도로 뛰어난 작품은 분명 아니다. 그러나 이 영화를 통해 끊임없이 연기 변신을 시도하고, 자신의 모든 것을 내던지며 캐릭터에 몰입하는 장국영을 볼 수 있다. 나는 〈이도공간〉을 보면서도 흘리지 않았던 눈물을 오히려 〈창왕〉을 보면서 뚝뚝 흘렸다. 영화는 정말 별로였다. 그 무엇으로도 구제할 수 있는 영화가 아니었다. 그럼에도 불구하고 내가 사랑하는 배우가 혼신의 연기를 보여주니 어찌 마음이 움직이지 않을 수 있을까. 그의 노력을 몰라준 것이 미안했다. 장국영은 정말 매번 최선을 다하고 있었는데, 단지 우리가 바라는 장국영이 아니라는 이유로 제대로 보지 않았던 건 아닐까. 장국영은 장국영이었는데.

〈창왕〉의 팽아리장국영는 매년 사격대회 우승을 놓치지 않는 일급 사격수다. 하지만 교통사고로 손을 떠는 증세가 생긴 후, 여자친구 가연황탁령의 소개로 집에서 총을 개조하는 일과 일반인들에게 사격을 지도하는 일을 하며 살아간다. 그러던 어느 날, 사격 고수 경찰 묘지순방중신과 우연히 사격장에서 만나게 되고, 둘은 훗날 사격대회에서 실력을 겨루기로 약속한다. 하지만 바로 그 사격대회에 주식투자에 실패로 가사를 탕진한 경찰 노여진망화가 나타나 대회장을 아수라장으로 만든다. 팽아리는 정당방위로 노여를 쏴 죽이고 만다. 알고보니 그는 묘지순과 둘도 없는 친구 사이였다. 두 사람에게 남은 것은 갈등뿐. 노여를 죽인 이후 정신과 치료를 받고 나오면서, 여자친구에게 다음과 같이 말한다. "의사에게 말하지 않은 게 있어. 사람을 죽일 때 너무 기분이 좋았어. 정말이야." 그때부터 팽아리는 이상하게 변해간다.

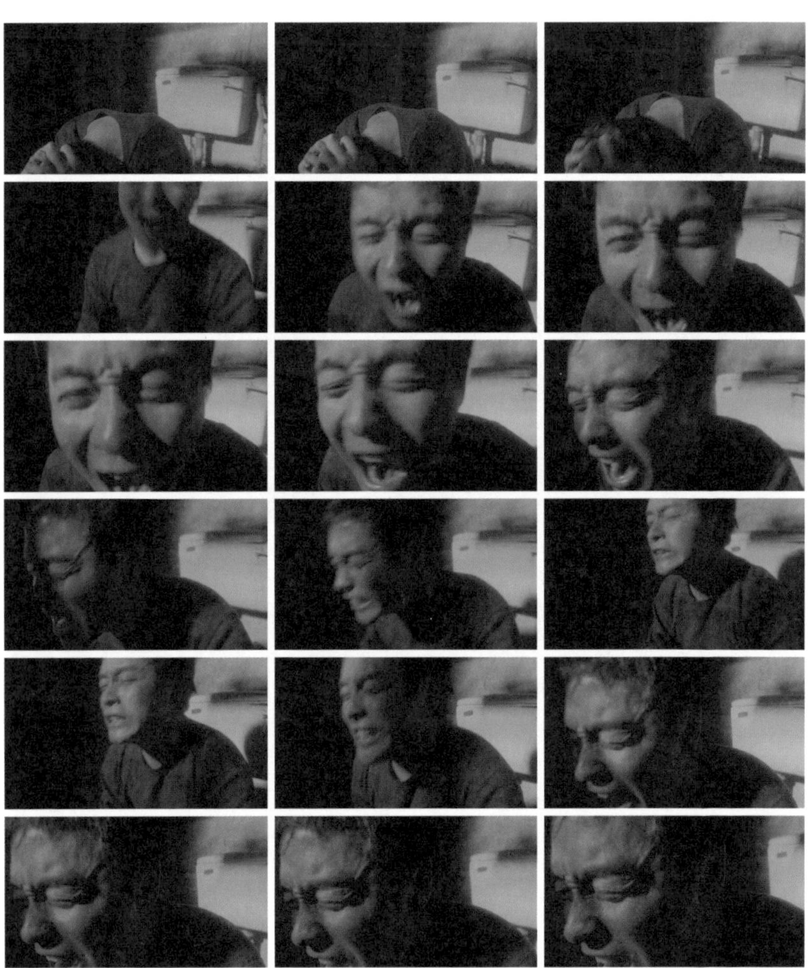

창왕(스피드 4초) 鎗王: Double Tap, 2000

그로부터 3년 뒤, 경찰 연쇄살인 사건의 유력한 용의자로 팽아리가 거론된다. 줄거리만 봐도 장국영의 이전 영화들과는 완전히 다른 역할을 맡았다는 것을 알 수 있다. 사이코에 가까운 캐릭터에 맞게 눈썹이 거의 없는 창백한 얼굴로 나온다. 자신을 의심하는 경찰들을 자극하고, 싸이코패스 같은 표정으로 위협하기도 한다. 그러다가도 혼자 집에 있을 때 가만히 거울을 보다 말고 갑자기 간질 환자처럼 발작을 일으키기도 한다. 이 장면을 보는 것이 힘들었다. 카메라 앞에서 그가 홀로 우울한 연기를 하는 모습이 떠올랐기 때문이다.

지우개로 지우듯

〈창왕〉의 마지막 장면은 칭이 역의 거대 쇼핑몰 '마리타임스퀘어'Maritime Square에서 촬영한 것이다. 팽아리를 사실하라는 명령을 받은 경찰들과 수십 명의 특수기동대가 팽아리와 대치한다. 그러나 팽아리는 인파 속에서 묻혀 쏠 테면 쏘라는 식이다. 결국 쇼핑몰 내에서 총격전이 벌어지고 그는 어깨에 총을 맞고 극장 안으로 숨어 들어간다. 그리고 이 영화에서 내가 가장 좋아

1 2 3 〈창왕〉(스피드 4초) 팽아리의 건조한 죽음
4 영화 속 분위기에 걸맞는 마리타임스퀘어

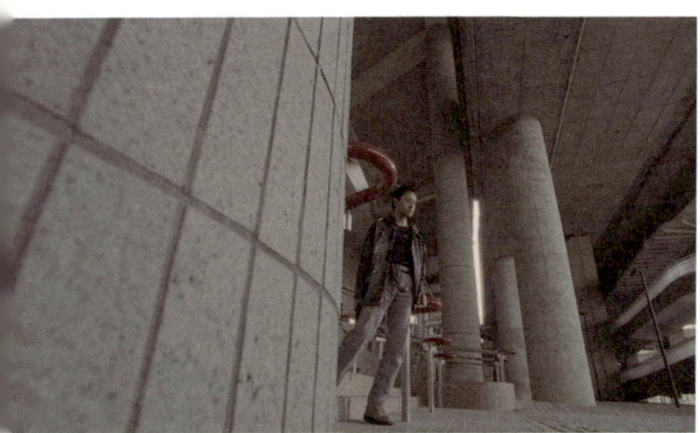

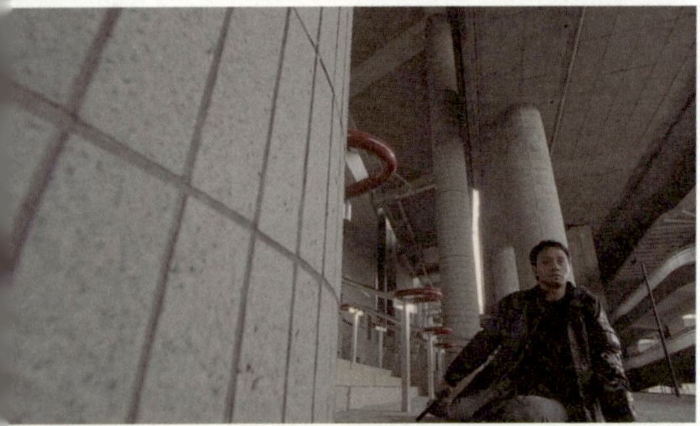
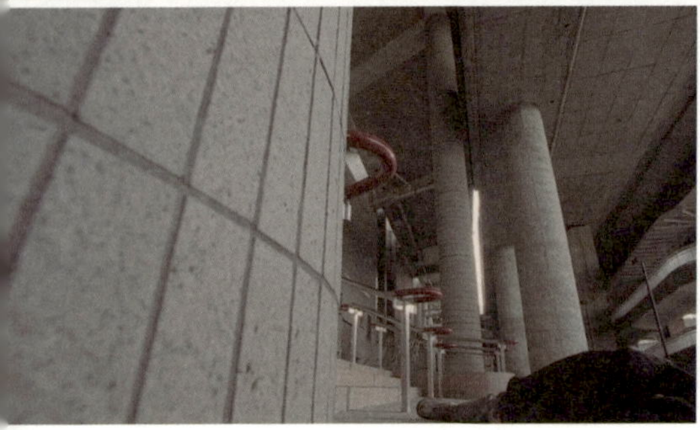

1
2
3 4

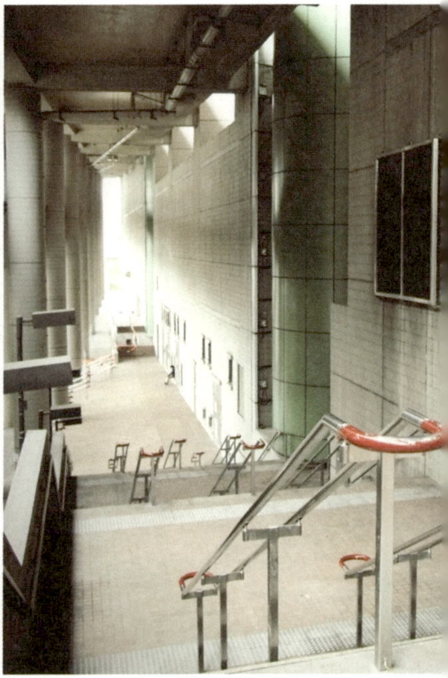

하는 장면이 나온다. 팔을 부여안은 팽아리가 스크린을 가리니까 관객들이, '저 사람 뭐야, 당장 꺼져' 등 비키라고 아우성을 친다. 왠지 예전 같은 흥행 성적을 거두지 못하는, 혹은 더 이상 편한 전체관람가 대중영화로 관객들과 만나지 못하는 그의 현재가 반영된 것처럼 느껴졌다. 카메라는 스크린 속 주인공의 모습과 겹쳐지며 고통에 몸부림치는 팽아리를 보여준다. 거창하게 말해 스크린의 허상과 현실의 장국영이 빚어내는 '영화적 죽음'이랄까.

관객들에 떠밀려 극장 밖으로 나온 팽아리는 삭막한 쇼핑몰 외관의 회색빛 벽면에 길게 자신의 핏자국을 남기며 쓰러진다. 유언도 없고, 우수에 젖은 그의 얼굴을 담은 그 흔한 동정적 클로즈업 하나 없이 말 그대로 '보내'버린다. 실제 마리타임 스퀘어를 찾았을 때 영화의 마지막 느낌이 그대로 전해 왔다. 아무런 생명력이 느껴지지 않았다.

나중에 나지량 감독 인터뷰를 찾아보니 팽아리의 건조한 죽음은 장국영의 뜻이었다고 한다. 감독은 당연히 죽어가는 그의 슬픈 얼굴에서 영화를 끝내고 싶었지만, 장국영이 "그냥 아무 일 아닌 것처럼, 지우개로 지우듯 영화에서 사라지고 싶다"고 했다는 것.

보고 싶은, 그러나 볼 수 없는

〈창왕〉을 보며 이제 세상에 없는 장국영이 더욱 아쉬웠던 또 다른 이유가 있다. 당시 장국영은 오우삼과 왕가위에 이어 첸 카이거, 우인태, 이동승, 나지량 감독 등과 여전히 새로운 감독들과 조우하고 있었다. 두기봉 감독 역시 주윤발과 유덕화에 이어 양조위, 임달화, 유청운, 양가휘 등 내로라 하는 홍콩 남자배우들을 자신의 사단으로 끌어들이고 있었다. 바꿔 말해 장국영이 계속 살아있었다면 언젠가 두기봉과 만났을 것이다. 홍콩의 유명 남자배우들 중 두기봉과 함께 작업을 하지 않은 사람은 장국영이 거의 유일하다. (양조위의 경우 두기봉의 연출작은 아니지만 그의 입김이 오롯이 반영됐다 해도 무방한 유달지의 〈암화〉(1998)에서 이전과는 전혀 다른 독한 캐릭터를 선보인 적 있다.)

2009년 마스터클래스 진행을 위해 부산국제영화제를 방문한 두기봉에게 이에 대해 물어본 적 있다. 그의 대답은 의외로 간단했다. 장국영이 늘 바빴다는 것. 그리고 이렇게 덧붙였다. "나는 언제나 남자배우들 여럿이 집단으로 나오는 것을 즐깁니다. 그렇지 않고 단독 주인공을 내세우는 작품에는 주윤발이나 유덕화 혹은 유청운을 내세우는데, 역할 또한 그들과 어울리지요.

장국영은 내 영화와는 좀 맞지 않는 듯한 느낌이었습니다. 게다가 나는 배우가 작품에 전적으로 헌신하기를 요구하는 편입니다. 가끔 유덕화와 갈등이 있었던 이유 역시 그의 바쁜 스케줄 탓이죠. 그런데 장국영은 그보다 더 바쁜 사람이니 어쩔 수 없었습니다.”

나는 지금도 장국영이 배우 커리어에 정점을 찍은 작품은 〈해피 투게더〉라고 생각한다. 그것은 연기를 더 잘 했다라는 단순한 얘기가 아니다. 장국영이라는 개인이 지닌 성격과 배우로서의 창의성, 영화에 대한 태도나 접근법 등 모든 것들이 왕가위라는 세계 안에서 ‘연기’라는 형태로 완벽하게 조화를 이루었다는 의미다. 왕가위 역시 장국영이 출연한 자신의 영화들 중 장국영의 실제 모습을 가장 많이 반영한 영화로 〈해피 투게더〉를 꼽았다. 그렇기에 장국영이 “〈해피 투게더〉 이후 언제 또 왕가위와 작품을 함께 할 수 있을까”라고 고민했던 것이 충분히 이해가 된다. 이후 작품들에서 장국영이 설렁설렁 연기하는 것처럼 느껴지는 것 역시 그 때문일 것이다.

하지만 〈창왕〉과 〈이도공간〉을 보면 그가 〈해피 투게더〉라는 가시면류관을 벗어던지기 위해 전력을 다하고 있었음을 알 수 있다. 바꿔 말해, 그는 〈아비정전〉와 〈패왕별희〉 그리고 〈해피 투게더〉를 지나 또 한 번의 결정적인 작품을 내놓을 타이밍에 근접하고 있었다. 그 때가 그가 떠난 2003년일 수도 있었고, 50살이 되는 2007년이었을 수도 있다. 그 영화가 왕가위와 다시 만난 작품이거나, 두기봉과 처음 만난 작품이었을 수도 있다. 아니면 〈이도공간〉 이후 내리막길을 걷고 있는 나지량의 작품이었을 수도 있다. 어찌되었건 분명한 것은 그가 죽지 않았다면 세상을 휘어잡을 작품을 내놓았을 것이라는 사실이다. 그는 한 번도 뒷걸음질을 친 적이 없는 사람이었으니까.

ESLIE CHEUNG

Scene #12

끝 ^終

이 별 하 는 법 을 배 우 다

우린 행복했어
그리고 고통을 알았지
난 그 모든 걸 기억할 거야

©씨네21

283

2013년 2월, 영화 〈차이니즈 조디악〉 홍보차 방한한 성룡을 만나 인터뷰했다. 그에게 장국영에·대해 물어보았다. 두 사람이 무슨 특별한 인연이 있나 싶겠지만, 성룡은 바로 〈연지구〉1988의 프로듀서였다. 먼저 성룡은 '홍콩에서는 나에게 장국영에 대해 물어보는 사람이 없는데, 한국에서 그런 질문을 받으니 너무 기분이 묘하다'며 꽤 긴 이야기를 들려줬다.

"〈연지구〉 캐스팅 당시 장국영을 반대하는 사람들이 꽤 많았습니다. 그의 스타 이미지가 영화의 분위기를 해칠 거라는 얘기였죠. 하지만 나는 무조건 장국영이 해야 한다고 했습니다. 다른 건 모르겠고, 그가 경극 분장을 하면 너무 멋질 것 같았기 때문이죠. 그런데 사실 그와 친한 매염방이 '장국영이 안 하면 출연 안 해'라고 완강하게 고집을 부려서, 내가 반대했더라도 장국영이 캐스팅됐을 겁니다.(웃음) 그는 분장 때문에 무척 힘들어했지요. 한창 무더운 여름에 촬영해서 꽤나 애를 먹었을 겁니다. 영화 속 경극 장면을 축소하자는 얘기도 있었지만 내가 반대했고, 결국 내 지시로 홍콩에서 가장 비싼 메이크업숍을 빌렸던 기억이 나는군요. 경극 동작도 전부 우리 성가반(성룡이 이끄는 무술팀)에서 짰습니다. 그는 경극 분장뿐만 아니라 늙은 노인 분장도 해야 했습니다. 그 분장의 완성도가 라스트신의 완성도를 결정하는 것이나 마찬가지여서, 최고의 특수분장사를 불러서 몇 시간 동안 분장을 해야 했죠. 장국영은 많이 힘들어했습니다. 지금 그 영화를 보면 별거 아닐지 몰라도 당시 홍콩 영화계에서 괴물이 아닌 노인 분장으로 그렇게 돈을 많이 들였던 적이 없어서 큰 화제가 됐습니다."

〈연지구〉와 〈패왕별희〉는 이벽화 작가의 원작을 영화화했다는 공통점이 있다. 〈패왕별희〉가 영화화 될 때, 처음에는 '데이' 역에 〈마지막 황제〉의 존 론이 물망에 올랐다. 그러나 존 론이 하차하자마자 〈연지구〉를 마음에 들어 했던 이벽화 작가가 장국영을 적극 추천했다고 한다. 아마도 성룡이 아니었다면, 장국영의 〈연지구〉도, 장국영의 〈패왕별희〉도 보지 못했을지 모른다. 게다가 성룡은 〈패왕별희〉 제작 초기, 장풍의보다 앞서 데이의 상대역인 '샬로' 역에 거론됐던 배우다. 실제로 경극학교 출신인 성룡은 혼자서 메이크업을 할 정도이니니 역할을 소화해내는데 큰 무리가 없었을 것이다. 성룡은 당시 영화의 동성애적 요소에 부담을 느껴 거절하긴 했지만, 성룡과 장국영의 〈패왕별희〉는 정말 꿈에서라도 보고 싶다.

애이불비

　　이어서 나는 그에게 장국영의 죽음에 대한 말을 꺼냈다. 사실 그는 당시 장국영의 장례식에 참석하지 않았기에 내심 궁금하면서도 묻기가 조심스러웠다. 당시 장례식에 오지 않은 연예인들을 직접 거론하며 비난하는 팬들도 꽤 많았으니까. 하지만 다들 저마다의 사정이 있었을 터. 장국영을 향해 왜 세상을 등졌냐고 그 이유를 물을 수 없듯 그들에게도 마찬가지다. 그래도 한편으로 확인하고픈 마음을 어쩔 수 없었다.

　　"장국영이 세상을 뜬 4월 1일, 나는 〈메달리온〉 작업차 독일에 있었습니다"라는 대답을 성룡의 입으로 직접 듣고 나도 모르게 안도의 한숨이 나왔다. 성룡 역시 나의 우상이나 다름없는 존재라, 괜히 말을 꺼냈다가 "장국영 장례식에 성룡이 안 왔다고?"라며 오히려 뒤늦게 빌미를 제공하는 것일 수도 있기 때문이었다.

　　그는 홍콩으로부터 장국영이 자살했다는 전화를 받고 그대로 주저앉았다고 했다. 감정이 뒤죽박죽 정리가 되지 않아 눈물도 나지 않았고 그저 정신이 멍했다고. 성룡 역시 전부터 계속 장국영을 걱정했다고 말했다. "장국영과 마지막으로 식사했던

ⓒ씨네21

ⓒ씨네21

슬픔을 겉으로 드러내지 않았던 성룡

날이 떠오르는군요. 그가 죽기 몇 달 전, 내가 주최를 해서 장국영, 매염방, 막문위, 장만옥 등 여러 배우와 친구들이 큰 레스토랑에 모였습니다. 테이블을 돌면서 얘기를 나누다가 돌아와보니 장국영이 벌써 가고 없었어요. 그가 인사도 안 하고 갈 리가 없어서 어떻게 된 거냐고 물었더니, 막문위가 말하길 '여기 레스토랑 천장이 너무 낮아서 갑자기 답답해졌어. 더 이상 못 있겠어. 미안해'라며 나갔다고 하더군요. 장국영은 나에게 늘 웃는 모습만 보여준 동생이어서, 그날 처음으로 어디가 안 좋은지 걱정했습니다." 그리고 그는 사자성어 하나를 꺼냈다. 바로 '애이불비'哀而不悲. 속으로는 슬프지만 겉으로 슬픔을 나타내지 않는다는 뜻이다.

인터뷰를 끝내고 돌아오는 내내, '애이불비'가 머리를 맴돌았다. 그것은 장국영에게나, 그를 추억하는 우리에게나 함께 해당되는 말인 것 같다. 점점 나이를 먹어가는 톱스타, 감독의 꿈을 안고 있지만 번번히 좌절을 맛보는 예술가, 동성 친구 당학덕과의 관계와 세간의 구설수를 견디기 힘들었던 자연인 장국영. 그는 그 누구보다 고통스러웠겠지만 한 번도 자신의 슬픔을 대놓고 드러내지 않았고, 그 누구를 원망하지도 않으며 속으로 삭혔을 것이다.

나도 또한 그랬지만, 그의 죽음을 막연하게 예감한 사람들이 많았다. 어쩌면 그것이 장국영의 죽음이 김광석의 죽음과, 리버 피닉스의 죽음과, 이소룡의 죽음과, 마릴린 먼로의 죽음과, 엘비스 프레슬리의 죽음과, 제임스 딘의 죽음과 다른 이유다.

그의 죽음은 갑작스럽다는 느낌보다 왠지 이미 예정돼 있던 2003년 4월 1일에 맞춰 운명적 행로를 천천히 밟아온 것 같은 느낌을 준다. 가만히 생각해보면 누구나 그의 새로운 소식을 듣고, 그의 노래 가사를 음미하고, 영화 속 그의 캐릭터가 겪는 운명을 지켜보면서 다들 마음속으로 '어느 날, 그가 죽었다는 소식을 듣더라도 전혀 이상하지 않을 것 같다'고 자연스런 예감을 해왔던 것이 아닐까. 그의 열렬한 팬이었던 한 친구가 '내 생각보다는 더 오래 살았어'라고 말했을 때 딱히 화도 나지 않았던 이유가 바로 그 때문일까.

러닝타임 47년의 장국영이라는 영화, 왕가위라는 클라이맥스. 그리고 4월 1일의 엔딩 크레딧. 그렇게 내가 가장 사랑했던 영화가 끝났다.

그를 닮은 배우

장국영과의 마지막 추억을 새겨놓기 위해 다시 홍콩을 찾았을 때, 목적지는 분명했다. 코즈웨이베이의 '해피밸리'.

그가 홍콩에서 다닌 유일한 학교인 로즐리힐 스쿨 역시 이곳에 있다. 그가 운동장에서 운동을 하고 있으면 여학생들이 모두 모여 그를 쳐다볼 정도로 인기 많았지만, 정작 그는 이성에는 별 관심이 없었다고 한다. 언제나 집과 학교만 오가던 장국영에게 이 해피밸리는 어쩌면 세상의 전부였는지도 모른다. 그 느낌이 어떤 건지는 이 동네에 와보면 안다. 정말 장국영스러운 동네다. 숨 막힐 듯 빽빽한 홍콩 도심가와 달리 그가 좋아했던 가게들이 주택 사이사이 띄엄띄엄 자리해 있다. 해피밸리에서 영원한 아이였던 장국영은 '예만방'의 새우 딤섬과 '모정'의 감자조림을 좋아했다.

귀여운 조카 손을 잡고 예만방으로 들어가던 그의 예전 사진들을 보면 기분이 참 애틋하다. 그는 누나와 조카들과 함께 있을 때 가장 밝은 얼굴을 보여주었다. 딤섬집인 예만방은 2012년 4월 30일, 갑작스레 문을 닫아 수많은 팬들을 '멘붕'에 빠트렸다. '장국영을 떠올리게 하는 가게들이 이제 정말 다 사라져

1 2
3 4

가는 구나' 하는 생각에 나 역시 너무 슬펐다. 그런데 다행스럽게도 조용히 다시 문을 열었다. 딱히 리모델링을 한 것도 아니고 예전 모습 그대로. 자세한 이유는 모르겠지만 다시 예만방의 딤섬을 먹을 수 있다는 사실만으로도 행복하다.

예만방은 2012년 3월초 '홍콩 필름마트'가 열렸을 때 배우 이제훈과 함께 찾은 적이 있다. 필름마트 기간 중에 홍콩 국제영화제와 아시안 필름 어워드가 함께 열리는데, 이제훈은 아시안 필름 어워드에 〈고지전〉으로 남우주연상 후보로 올라 레드카펫을 밟았다.

시상식 다음 날, 이제훈과 그의 소속사인 '사람 엔터테인먼트'의 이소영 대표와 함께 만났다. 평소 이제훈은 혼자서 종종 홍콩 배낭여행을 다녔을 만큼 홍콩을 좋아하는 배우다. 당시 그의 카카오톡 프로필 사진이 국내 미개봉작이었던 장학우, 탕웨이 주연의 〈크로싱 헤네시〉였던 것만 봐도 홍콩영화에 대한 남다른 애정을 느낄 수 있었다.

내가 그를 처음 만난 것은 2011년 〈파수꾼〉 개봉 당시 〈씨네21〉 표지를 촬영할 때였다. 처음 만났을 때 내 책《홍콩에 두 번째 가게 된다면》을 너무 재밌게 봤다고 말을 건네왔다.

예의상이라도 그런 식으로 살갑게 인사를 건넨 배우가 처음이라 신선했다. 자연스레 홍콩 애기를 나누면서 다음에 홍콩에서 만나자고 지나가는 말로 하긴 했지만, 1년이 지나 그가 〈건축학개론〉으로 '뜬' 다음에 정말 현실이 될지는 몰랐다. 더욱이 평소 이제훈을 보면 젊은 시절의 장국영 느낌이 난다고 막연히 생각했었는데, 그가 장국영의 단골집인 예만방에 가보질 못했다며 그곳으로 가자고 하기에 깜짝 놀랐다.

이제훈이 연기한 〈파수꾼〉의 기태는 〈실업생〉을 비롯해 〈풍월〉, 〈해피 투게더〉에서 장국영이 보여준 퇴폐적이고 폭력적인 이미지를 떠올리게 했다. 반면 〈건축학개론〉의 대학 신입생 승민이제훈은 〈위니종정〉이나 〈H2O〉의 장국영처럼 풋풋하고 밝은 그의 매력을 보여줬다. 전혀 다른 무드의 〈파수꾼〉과 〈건축학개론〉 사이의 간극을 오가는 것은 쉽지 않은 일이다. 장국영 역시 천양지차의 캐릭터를 자유롭게 오간 미남 배우 중 하나였다.

절대적인 아름다움과 우울이 한데 숨 쉬는 듯한 신경증적인 매력. 나는 두 사람이 '같은 과'라고 생각한다. 남성성에 강박적으로 매달려온 아시아 남자배우들의 계보 안에서 그것은 무척 소중한 연결지점이다. 이제훈은 비교만으로도 영광이라며 수줍어했다. "영화 속 장국영을 보고 있으면 평온한 아름다움 뒤에 숨겨진 내면의 불같은 에너지가 느껴져요. 배우로서 그런 에너지를 닮을 수만 있다면 얼마나 행복할까요. 더 이상 그의 영화를 볼 수 없다는 게 안타까워요."

장국영이 새우 딤섬을 좋아했다며 한입 베어 무는 그 모습이 영락없이 소년이었다. 아마 장국영이 살아 있었다면 언젠가 아시안 필름 어워드에 이제훈의 시상자로 나와 두 사람이 사이좋게 한 무대에 서는 일도 가능하지 않았을까.

그를 추억하며 한 잔

정말 마지막의 마지막은 장국영의 단골 이자카야 '모정'이다. 예만방도 그렇지만 모정도 장국영의 사인이나 사진을 벽에 걸어두지 않았다. 숨어 있기 좋아했던 장국영처럼 주인에게 직접 보여 달라고 해야 보여준다. 모정에는 장국영의 자료를 정리하고 스크랩해서 모아둔 거대 파일이 있다. 홍콩에서 그와 관련한 명소들을 표시한 지도도 있다. 지도에는 장국영이 그토록 싫어했던 데뷔작 〈홍루춘상춘〉을 촬영한 마카오의 공원 위치도 표기돼

1 이자카야 '모정'의 주인(오른쪽)과 손님
2 장국영의 의외로 독한 술을 즐겼다고 한다
3 장국영이 즐겨 먹었던 소박한 일본식 감자조림(니쿠쟈가)

1 2
3

있다. 훔쳐서 개인적으로 소장하고픈 못된 마음이 생길 정도다. 게다가 웃는 얼굴의 장국영 캐릭터 그림과 만화는 생전에 장국영이 이것을 봤다면 소리내어 웃었을 지도.

항상 손님들로 북적대는 곳인지라 이번에는 일부러 월요일 밤 늦은 시간에 모정을 찾았다. 다행히 가게는 한가로웠다. 점심도 굶었겠다 호기롭게 '장국영 세트'를 주문했다. 장국영이 즐겨마시던 사케와 장국영이 좋아한 감자조림 등 여러 메뉴를 내온다. 일단 내 눈길은 사케에 먼저 닿았다. 무려 50도나 된다. 장국영이 이렇게 센 술을 마셨다니. 그에 관해 사람들이 의외라고 생각하는 것이 바로 손이 예쁘지 않다는 것과 꽤 주당이었다는 사실이다. 그는 생전 이곳 모정에서 나오는 모습을 파파라치에게 꽤 찍혔는데, 얼굴이 붉어진 모습을 좀처럼 볼 수 없었다. 술을 안 마셔서가 아니라 술을 아주 잘 마셨기 때문이다.

손님이 별로 없는 홀에 주인 아저씨가 나와 계셨다. 마침 옆 테이블의 손님과 친한 사이인지 종종 그 자리에 합석했다. 자연스레 일어났다 앉았다 하며 눈길을 주고받았는데, 사케 한 잔에 얼굴에 불이 난 내가 안 돼 보였는지 말을 걸어왔다. 일본 오사카가 고향인 주인 아저씨는 나에게 계속 일본어로 얘기했다.

옆에 있던 종업원 분이 못 알아들으면서 고개를 끄덕이는 게 뻔한 나를 보고 웃으며 적당히 영어로 통역해주었다. 그렇게 주인부터 종업원, 손님까지 모두 모여 얘기를 나눴다. 주인 아저씨는 누군가 장국영에 대해 물어오는 것이 오랜만이었는지 한참 그에 대한 얘기를 했다. 옆 테이블에 앉아 있던 나이 지긋한 손님도 예전에 가끔 이곳에서 장국영을 본 적 있다고 했다. 그도 장국영이 보기와 달리 꽤 센 술을 마시는 걸 보고 신기해했다고.

주인 아저씨는 일본 프로야구팀 '한신 타이거즈'의 광팬이었다. 자기가 한신 타이거즈 팬클럽 홍콩 지부장이라나. 나는 맞장구를 치며 괜히 아는 척 가네모토 도모야키(1492 경기 연속 출전 세계기록을 가지고 있을 정도로 '철인'이라 불렸던 한신 타이거즈 선수)의 이름을 꺼냈다. 그리고 더 이상 장국영 얘기를 나누지 못했다. 장국영보다 무려 띠 동갑으로 어린 가네모토를 '형님'이라 부르는 주인 아저씨는 한참 야구 얘기만 했다.

그 다음은 놀랍게도 나훈아 얘기로 넘어갔다. '주인 아저씨는 노래방에 가면 늘 나훈아 노래를 부른다고 했다. 그가 가져온 '무시로' '갈무리' '18세 순이'의 악보에는 한글 가사 밑에 소리 나는 대로 옮겨 적었을 일본어가 빼곡했다. 그걸 보며 나도

장국영의 '당년정'을 수첩에 '행 행쇼싱 쪼와 완모 쏘왓닝~'이라
며 가사를 한국어 발음 그대로 써서 외고 다녔던 기억이 났다. 주
인 아저씨는 나훈아의 '갈무리'를 가게에도 가끔 틀어놓거나 흥
얼거린다고 했다. 혹시 장국영도 이곳에서 갈무리를 들었을까.

안녕, 장국영

모정의 주인 아저씨에게서 장국영에 대해 많은 이
야기를 듣고 싶다는 바람은 이루지 못했지만 기분은 한결 좋아졌
다. 모정을 찾을 때마다 좀 우울한 기분이 들었는데 이날은 달랐
다. 장국영과 눈을 맞추고 인사를 나누고 이야기를 했던 사람들과
말을 섞는다는 것 자체가 즐거웠다. 10년의 시간을 뛰어넘어서
나도 장국영과 대화하고 있다고 느꼈다면 어이없는 과장일까.

주인 아저씨는 한동안 장국영의 마지막 모습이 어
땠는지, 그가 우울해 보이지 않았는지, 여기서 당학덕과 싸우지
않았는지를 묻는 기자들에게 시달렸다고 했다. 물론 그저 손님으
로 온 장국영의 껍데기만 보았다고 할 수도 있겠지만, 주인 아저
씨의 기억 속의 그는 즐겁게 술을 마시며 얼굴에서 웃음이 떠나

지 않는 손님, 자살이라는 끔찍한 단어와는 전혀 어울리지 않는 유쾌한 사람이었다.

나 역시 한동안 장국영의 죽음을 둘러싼 가짜 유서, 삼합회의 음모, 삼각관계, 숨겨진 비밀 등에 대해 미친 듯이 조사했던 적이 있다. 그런데 모정을 나오면서 문득 영화 〈라이프 오브 파이〉2012를 떠올렸다. 영화의 마지막은 두 가지 열린 결말을 통해 결국 모든 것이 우리 자신의 '믿음'에 달려 있다는 묵직한 메시지를 전해주었다. 내가 믿는 것이 바로 '진실'이 된다. 그렇다면 나는 장국영으로 인해 울고 웃었던 기억들, 감동적인 영화와 아름다운 노래들만 진실로 남겨두기로 했다. 그가 원하는 것도 그것일 터다.

〈라이프 오브 파이〉의 호랑이 '리처드 파커'는 작별 인사도 없이 밀림 속으로 사라지고, 소년 '파이'는 인생이란 결국 떠나보내는 것임을 깨닫는다. 마치 〈아비정전〉의 아비처럼 한 번도 뒤돌아보지 않고 떠나간 리처드 파커가 야속해 파이는 눈물을 흘렸지만, 어쨌건 그는 다시 돌아오지 않을 그 추억의 시간들을 딛고 새로운 삶을 살아가야 한다. 리처드 파커는 장국영이고 우리는 남겨진 파이다.

　　이별이 소중한 것은 늘 떠난 다음에야 깨닫는 위로의 선물을 남기기 때문이다. 장국영은 선물을 남기고 떠났다. 누군가와 멋지게 이별하는 법이라는 선물을. 그와의 새로운 이야기는 이제부터 시작이다.

© 김선태

History

1956

>>

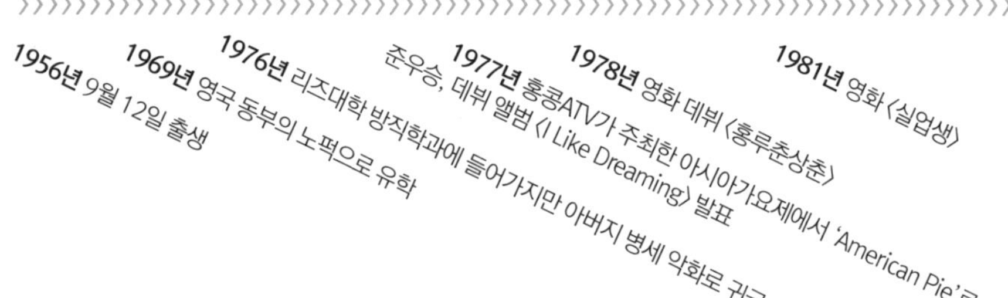

1956년 9월 12일 출생

1969년 영국 동부의 노퍽으로 유학

1976년 리즈대학 방직학과에 들어가지만 아버지 병세 악화로 귀국

1977년 홍콩ATV가 주최한 아시아가요제에서 'American Pie'로 준우승, 데뷔 앨범 〈I Like Dreaming〉 발표

1978년 영화 데뷔 〈홍루춘상춘〉

1981년 영화 〈실업생〉

1990

>>

1990년 공식 은퇴 발표, 캐나다로 이주하지만 반년 뒤 귀국 영화 〈아비정전〉: 홍콩영화금상장 최고남우주연상 수상

1992년 영화 〈가유희사〉로 배우 활동 복귀

1993년 영화 〈패왕별희〉: 제46회 프랑스 칸 영화제에서 황금종려상 수상, 〈백발마녀전〉

1994년 영화 〈동사서독〉: 제1회 홍콩영화평론가 협회대상 최고남우주연상 수상

1988

>>

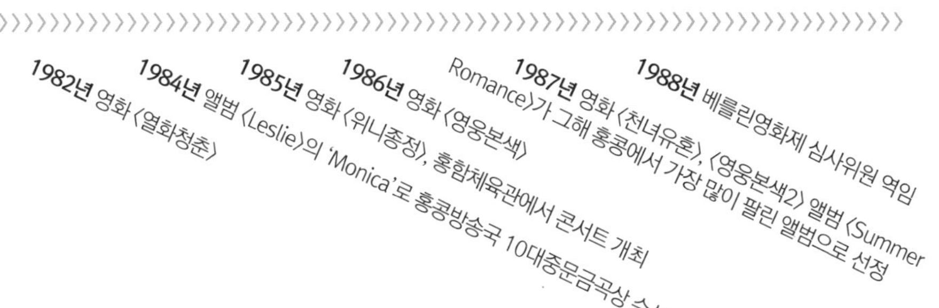

1982년 영화 〈열화청춘〉

1984년 앨범 〈Leslie〉의 'Monica'로 홍콩방송국 10대중문금곡상 수상

1985년 영화 〈위니종정〉, 홍함체육관에서 콘서트 개최

1986년 영화 〈영웅본색〉

1987년 영화 〈천녀유혼〉, 〈영웅본색2〉 앨범 〈Summer Romance〉가 그해 홍콩에서 가장 많이 팔린 앨범으로 선정

1988년 베를린영화제 심사위원 역임

2003

>>

1995년 앨범 〈총애〉로 가수 활동 복귀

1996년 영화 〈색정남녀〉

1997년 영화 〈해피 투게더〉

2000년 Passion 투어 개최, 금연홍보영화 〈연비연멸〉 감독 겸 제작

2003년 4월 1일 투신자살로 생을 마감

Discography

1977	I Like Dreaming
1979	정인전 情人箭
1983	일편치 一片痴 풍계속취 風繼續吹
1984	Leslie
1985	Summer Best You & Me 위니종정 爲你鍾情
1986	Stand Up 미혹아 迷惑我
1987	Summer Romance 애모 愛慕 정난재속정가집 情難再續情歌集 댄스리믹스87
1988	Vergin Snow Hot Summer 장국영 張國榮
1989	두풍심정 兜風心情 Salute Leslie Final Encounter

1990 Dreaming
Final Encounter of The Legend

1995 총애 寵愛

1996 홍 紅

1997 가가적전반생 哥哥的前半生
Leslie Concert Live in Concert 97

1998 저사연래 這些年來
Printemps

1999 배니도수 陪你倒數
The Best of Leslie Cheung
정정선선 精精選選

2000 대열 大熱
Untitled
Leslie Cheung Passion Tour

2001 Forever

2002 Crossover

2003 일절수풍 一切隨風

Filmography

1978

홍루춘상춘 紅樓春上春: Erotic Dreams Of Red Chamber
감독: 김흠   출연: 장국영, 황행수, 관해산

장국영의 영화 데뷔작. 귀족 가문의 가보옥(장국영)은 출세나 관직에는 관심이 없는 한량이다. 그에게 사랑하는 여인이 있었으니, 바로 사촌누이 임대옥. 그러나 설보채의 농간으로 가보옥은 설보채와 결혼하게 된다. 충격을 받은 임대옥은 자살을 하고, 인생무상을 느낀 보옥은 속세를 떠난다.

구교구골 狗咬狗骨: Dog Bites Dog Bone
감독: 설가연, 여소전   출연: 오맹달, 설가연, 장국영

장국영은 정신병 환자 역으로 카메오 출연

1980

갈채 喝采: Encore
감독: 채계광   출연: 진백강, 장국영

가수를 꿈꾸는 젊은이들의 이야기를 그린 청춘물. 장국영은 켄(진백강)의 라이벌인 지고 역으로 출연

1981

실업생 失業生: Job Hunter
감독: 곽요량   출연: 진백강, 종초홍, 장국영

부유한 집안의 가보(진백강)와 달리 가난한 집안에서 자란 지영(장국영)은 말썽꾸러기 고3이다. 졸업 후 가보는 음악을 하기 위해 집을 나오고, 지영은 호텔 화장실 청소부로 취직하지만 마약에 빠지는 등 방황한다.

1982

영몽가락 獰朦可樂: Teenage Dreamers
감독: 채계광   출연: 장국영, 주수란

십대 소녀들의 풋풋한 청춘을 그린 영화. 장국영은 팅팅(주수란)의 남자친구 손걸 역으로 출연

충격 21 衝激21: Energetic 21
감독: 진전　　출연: 장국영, 애적

'붉은 악마'라는 별명으로 불법 도로 레이싱을 즐기는 청년 양문빈(장국영). 어느 날 우연히 만난 주국량(종보라)과 위험한 레이싱 경주를 하게 된다.

열화청춘 烈火靑春: Nomad
감독: 담가명　　출연: 장국영, 엽동, 하문석, 탕진업

부유한 집안의 자제인 루이스(장국영)의 집에 일본에서 공부하던 사촌누이 캐시(하문석)가 들어온다. 그리고 각자 우연한 만남으로 토마토(엽동)와 방(탕진업)과 얽히게 된다. 뜨거운 청춘의 나날을 보내던 그들 앞에 일본인 자객이 나타난다.

1983

드러머 鼓手: The Drummer
감독: 양권　　출연: 장국영, 주수란, 양대위

토미(장국영)은 홍콩 최고의 드러머를 꿈꾸는 청년이다. 우연히 영화촬영장에서 만난 필리핀 출신의 '드럼왕' 카피오를 만나 열심히 드럼을 배우기 시작하고, 악단에서 단 한 명만 뽑는 드러머가 되기 위해 피나는 훈련을 거듭한다.

첫사랑 第一次: First Time
감독: 유봉지　　출연: 장국영, 옹정정, 양군

장국영이 〈실업생〉을 연상시키는 반항적 청춘으로 출연. 〈갈채〉에 이어 〈첫사랑〉과 〈영웅문〉에서 호흡을 맞춘 옹정정과는 핑크빛 소문에 휩싸이기도 했다. 하지만 일찍 연예계를 떠난 그녀는 유가량 무술감독과 결혼했다.

영웅문 楊過與小龍女: The Little Dragon Maiden
감독: 화산　　출연: 장국영, 옹정정

고아가 된 양과(장국영)는 무림계 고수인 곽정에게 거둬진다. 양과는 무술을 배우고 싶어 하지만 뜻대로 되지 않고, 우여곡절 끝에 소용녀(오정정)의 제자가 된다. 이후 둘은 연인으로 발전하지만 계속 시련이 닥친다.

1984

연분 緣扮: Behind The Yellow Line
감독: 황태래   출연: 장국영, 장만옥, 매염방

사회에 이제 막 발을 내딛은 폴(장국영)은 어느날 우연히 모니카(장만옥)를 만나고 사랑에 빠진다. 그러나 모니카의 옛 남자친구가 나타나면서 갈등과 엇갈림이 시작된다. 모니카는 폴에게 둘의 연분을 확인하기 위한 마지막 제안을 한다.

삼문치 三文治: Double Decker
감독: 옹유전   출연: 혜영홍, 반진위, 장국영

장국영은 디자이너 역으로 특별출연

성탄쾌락 聖誕快樂: Merry Christmas
감독: 고지삼   출연: 맥가, 이려진, 진백강, 장국영

주인공 맥향(맥가)의 딸의 남자친구 아장 역으로 우정출연. 당시 진백강은 장국영과 같은 화면에 잡히지 않는다는 조건으로 맥향의 아들 역으로 출연했다. 장국영의 크레딧은 특별정상객관(特別情商客串, Special Guest Appearance)으로 표기됐다.

1985

H2O 龍鳳智多星: Intellectual Trio
감독: 여응취   출연: 장국영, 예숙군, 임억련, 조사리

홍콩의 형사 장영(장국영)은 대만에서온 국제경찰을 범인으로 오인하여 연행한다. 그러던 와중 공원에서 소매치기 자매를 만나 가까워진다. 왕가위가 시나리오 작가로 참여했다.

구애대작전 求愛反斗星: Crazy Romance
감독: 양탕미   출연: 장애가, 진백상, 장국영

좀도둑 홍가보(진백상)는 도둑질을 하다가 그만 자자(장애가)에게 걸려 감옥을 가게 된다. 악연인지 인연인지 감옥에서 교도관인 자자와 재회하게 된다. 장국영은 자자의 남동생 역으로 우정출연

위니종정 為你鍾情: For Your Heart Only
감독: 풍세웅   출연: 장국영, 이려진

바람둥이 진복수(장국영)는 운명의 여인 려진(이려진)을 만나 사랑에 빠진다. 그녀가 자신의 사촌동생의 옆집에 사는 걸 알고 복수는 친구와 이사를 한다. 장국영은 나중에 '위니종정'이라는 카페를 열기도 했다.

1986

우연 偶然: Last Song In Paris
감독: 초원   출연: 장국영, 매염방, 왕조현, 엽동

홍콩 인기 가수 루이(장국영)는 콘서트를 끝내고 자신의 무대에 댄서로 섰던 아니타(매염방)와 충동적으로 하룻밤을 보낸다. 다음날 루이는 아버지를 마중하기 위해 공항으로 가던 중 쥬리(왕조현)를 보고 첫눈에 반한다. 그러나 그녀가 아버지의 애인이라는 사실을 알고 좌절한다.

영웅본색 英雄本色: A Better Tomorrow
감독: 오우삼   출연: 적룡, 주윤발, 장국영, 이자웅

범죄 조직의 중간 보스인 송자호(적룡)는 동생 자걸(장국영)을 목숨보다 소중히 여긴다. 부하 아성(이자웅)의 배신으로 자호는 감옥에 가게 되고 아버지는 살해당한다. 친구 자호를 위해 복수를 하다가 소마(주윤발)는 다리를 다친다. 몇 년 후 자호는 출소하지만 정의감 강한 형사인 자걸은 형을 증오한다. 자호는 새 삶을 살려고 하지만 조직은 그를 가만히 두지 않는다.

1987

천녀유혼 倩女幽魂: A Chinese Ghost Story
감독: 정소동   출연: 장국영, 왕조현, 오마

수금을 하러 다니던 서생 영채신(장국영)은 난약사라는 오래된 절에서 밤을 보내게 된다. 이 절은 미녀 귀신들이 건장한 남자를 유혹해 나무귀신에게 바치는 무서운 곳이였다. 아름다운 처녀 귀신 섭소천(왕조현)은 영채신을 유혹하려고 하지만 순진하고 어리숙한 그에게 마음이 끌린다.

영웅본색2 英雄本色 II: A Better Tomorrow II
감독: 오우삼　　출연: 적룡, 장국영, 주윤발, 석천

(영웅본색1에서) 소마의 죽음을 통해 자호(적룡)와 자걸(장국영)은 관계를 회복한다. 자호는 위조지폐 조직에 잠입하여 조사를 하는 조건으로 가석방되고, 자걸 역시 조직에 잠입수사를 한다. 그러나 자걸은 전문 킬러와 대적하다가 결국 치명상을 입고, 공중전화에서 아내가 딸을 낳았다는 소식을 들으며 죽음을 맞이한다. 자호는 소마의 쌍둥이 동생인 켄(주윤발)과 함께 동생의 복수를 위해 최후의 일격에 나선다.

1988

연지구 胭脂扣: Rouge
감독: 관금붕　　출연: 매염방, 장국영, 만자량, 주보의

어느날 신문사 기자인 아정(만자량)에게 묘한 분위기의 여인 여화(매염방)가 찾아온다. 그녀는 사람을 찾는다는 광고를 실어달라는 부탁을 한다. 알고 보니 여화는 1930년대 부유한 집안의 자제 진진방(장국영)과 사랑에 빠지지만 집안의 반대에 부딪혀 동반자살을 한 귀신이었던 것. 그녀는 저승에서 아무리 진방을 기다려도 오질 않아 이승으로 찾으러 온 것이었다. 그 사이 50년이 흘러 진방은 이미 70살 노인으로 초라하게 살고 있다. 자신과의 약속을 저버린 진방에게 실망한 여화는 다시 사라져버린다.

살지연 殺之戀: Fatal Love
감독: 양보지　　출연: 장국영, 종초홍

우연히 만난 묘령의 여인 세실리아(종초홍)에게 첫눈에 반한 윙(장국영). 그러나 이미 그녀는 다른 남자의 여자다. 세실리아는 윙을 계속 밀어내지만 윙은 그녀를 쉽게 포기할 수가 없다. 결국 둘은 서로의 마음을 확인하지만 세실리아의 애인은 분노한다.

1989

신최가박당 新最佳拍檔: Aces Go Places V
감독: 유가량　　출연: 허관걸, 맥가, 장국영

최가박당(최고의 파트너라는 뜻)인 킹콩(허관걸)과 대머리(맥가)는 국보를 지키는 작전에 참여하게 된다. 장국영은 최가박당의 행세를 하는 오누이의 남동생 역을 맡았다.

1990

천녀유혼2 倩女幽魂 II: 人間道: A Chinese Ghost Story II
감독: 정소동　　출연: 장국영, 왕조현, 우마, 이가흔

고향에 내려온 영채신(장국영)은 억울한 누명을 쓰고 옥에 갇히게 된다. 같은 방에 갇힌 노인은 영채신에게 자신의 물건을 주면서 옥을 빠져나갈 길을 알려준다. 천신만고 끝에 탈출하여 흉가에 들어서고, 그곳에서 섭소천과 꼭 빼닮은 청풍(왕조현)과 그녀의 여동생 월지(이가흔)를 운명적으로 만나게 된다.

아비정전 阿飛正傳: Days Of Being Wild
감독: 왕가위　　출연: 장국영, 장만옥, 유가령, 유덕화

1960년 대, 아비(장국영)는 수리진(장만옥)에게 접근한다. 처음에 아비를 경계했던 수리진은 아비에게 끌리고 둘은 함께 살게 된다. 수리진은 결혼을 원하지만 아비는 그 누구에게도 정착할 수 없는 남자다. 아비는 댄서 미미(유가령)를 만나게 되고, 아비를 잊지 못하고 방황하는 수리진을 경찰(유덕화)이 위로한다. 아비는 미미마저 버리고 생모를 찾아 필리핀으로 떠난다. 그러나 생모를 아비를 만나주지 않는다. 아비는 가짜 신분증을 얻으려고 하다가 조직폭력배와 싸움을 하게 되고, 기차를 타고 가던 중 총에 맞는다.

1991

종횡사해 縱橫四海: Once A Thief
감독: 오우삼　　출연: 주윤발, 장국영, 종초홍

어려서부터 함께한 아해(주윤발)와 제임스(장국영), 홍두(종초홍)는 솜씨 좋은 골동품 전문 도둑이다. 어느날 프랑스 갱단에게 '할렘의 여시종'을 을 훔쳐달라는 의뢰를 받고 작업을 하던 중 습격을 당한다. 그 와중에 아해가 몰던 자동차가 모터 보트와 충돌하여 폭발해 버리고 제임스와 홍두는 아해가 죽은 것으로 생각하고 홍콩으로 건너온다. 몇 년이 흘러 놀랍게도 두 다리를 잃고 휠체어를 탄 아해가 살아 돌아온다.

호문야연 毫門夜宴: The Banquet
감독: 장견정, 고지삼, 서극　　출연: 증지위, 장학우, 양조위, 주성치, 장국영

홍콩의 부호인 증사장(증지위)은 쿠웨이트 재건공사를 따내기 위해 자신의 아버지의 생일 잔치를 열기로 한다. 바로 효성이 지극한 아리바바 왕자를 감동시키기 위해서다. 그러나 정작 아버지가 어디에 사는 지 모른다. 1992년 수재민 돕기 자선모금 영화로 홍콩 스타들이 총출연했으며, 장국영 역시 우정 출연했다.

1992

가유희사 家有囍事: All's Well, Ends Well
감독: 고지삼   출연: 주성치, 장국영, 황백명

말썽 많은 집안에서 벌어지는 코믹극. 첫째 아들 상만(황백명)은 결혼을 했지만 애인을 따로 두고 있다. 둘째 아들 상환(주성치)은 엄청난 바람둥이로 많은 여자를 만나지만 결혼을 하려고 하지 않는다. 셋째 아들 상소(장국영)는 말투나 행동거지가 지나치게 여성스럽다. 세 아들은 끊임없이 사건과 사고에 휘말리지만 결말에는 천생연분을 만나 결혼식을 올린다.

시티 보이즈 藍江傳之反飛組風雲: Arrest The Restless
감독: 유국충   출연: 장국영, 향화강, 주혜민

강직한 남강 반장(향화강)은 불량청소년 단속반으로 배치된다. 불량청소년 패거리의 리더 아비(장국영)는 반항아처럼 보이지만 속은 그 어느 누구보다 따뜻한 남자다. 그의 라이벌 샘은 복수심에 불타 아비의 연인 아민(주혜민)의 얼굴에 황산을 뿌리고 그녀의 친구마저 죽인다. 홍콩 재계의 유력인사의 아들로 부패 경찰의 도움을 받는 샘은 아비에게 누명을 뒤집어씌우고, 이에 분개한 남강 반장이 아비를 돕는다.

1993

패왕별희 霸王別姬: Farewell My Concubine
감독: 첸 카이거   출연: 장국영, 장풍의, 공리

북경 경극학교에 맡겨진 데이(장국영)와 샬루(장풍의)는 서로 의지하며 형제처럼 자란다. 긴 교육과정이 끝나고 데이는 패왕별희의 우희 역, 샬루는 패왕 역을 맡게 된다. 최고의 경극 배우로 인기를 누리던 와중에 샬루는 홍등가의 창녀 주산(공리)에게 반하고 결혼을 약속한다. 샬루를 사랑하는 데이는 질투를 이기지 못하고 후원자에게 의탁한다. 일본의 침략과 문화대혁명을 거치면서 세 사람은 역사의 소용돌이에 휘말린다.

화전희사 花田喜事: All's Well, Ends Well Too
감독: 고지삼   출연: 허관걸, 장국영, 관지림

설선(관지림)은 거리의 마술사 데이비드 카퍼 필드(장국영)에게 반한다. 설선의 아버지는 딸을 위해 마술사를 찾아가서 딸을 부탁하지만, 사람을 착각하고 만다. 부유한 집안의 자식들이 험난한 과정을 거쳐 자신의 짝을 찾게 되는 코미디극.

동성서취 射鵰英雄傳之東成西就: The Eagle Shooting Heroes
감독: 유진위   출연: 장국영, 임청하, 양가휘, 양조위, 유가령

왕가위 감독의 〈동사서독〉이 촬영지연 되자 쉬어가는 의미로 단 8일 만에 촬영을 끝낸 코믹 영화. 당시 홍콩의 인기 스타들이 총출연하여 화제가 되었다. 장국영은 이 영화에서 동사 황약사 역을 맡았다.

백발마녀전 白髮魔女傳: The Bride With White Hair
감독: 우인태   출연: 장국영, 임청하

명나라 말기, 탁일항(장국영)은 중원 8대 문파 중 하나인 '무당파'의 차기 맹주로 기대를 받고 있다. 그러나 8대 문파에 대적하는 사파인 '마교'의 살수(임청하)와 사랑에 빠진다. 탁일항은 그녀에게 '연예상'이라는 이름을 지어주고, 어떤 일이 있어도 그녀를 믿고 사랑할 것이라고 약속한다. 그러던 어느 날 탁일항의 사부와 사제들이 마교의 습격을 받는다. 탁일항은 연예상의 짓이라 오해하고, 상처받은 연예상은 분노와 슬픔으로 인해 백발의 마녀로 변한다. 탁일항은 나중에 진실을 알고 후회하지만 연예상은 떠나버린다.

백발마녀전2 天下無敵: The Bride With White Hair 2
감독: 호대위   출연: 임청하, 장국영

연예상은 탁일항에게 받은 상처를 분풀이하듯 남자들을 무참히 살해한다. 8대 문파의 제자들은 연예상을 물리치기 위해 힘을 모은다. 탁일항(장국영)은 극의 초반과 마지막 장면에만 특별출연

1994
대부지가 大富之家: It's A Wonderful Life
감독: 고지삼   출연: 장국영, 양가휘, 유청운, 모순균

〈가유희사〉 3탄 격인 작품. 임씨 부부는 이혼을 하겠다고 난리인 첫째 아들, 만화가인 둘째 아들, 늦둥이 막내 아들까지 하나같이 마음에 들지 않는다. 그러던 중 프랑스로 유학을 떠났던 외동딸 임가보(모순균)가 홍콩으로 돌아온다. 장국영은 임가보의 남자친구 로버트 역으로 출연

1995

금지옥엽 金枝玉葉: He's A Woman, She's A Man
감독: 진가신 출연: 장국영, 원영의, 유가령

홍콩의 최고 여가수 로즈(유가령)와 작곡가 샘(장국영)은 자타공인 연인 사이다. 로즈와 샘의 팬인 임자영(원영의)은 직접 그들을 보고 싶은 욕심에 남자 신인가수 선발대회에 남장을 하고 참가한다. 샘은 엉겁결에 자영을 합격시키고, 자신의 집에서 합숙을 시작한다. 샘은 순진하고 천진난만한 자영에게 점점 이끌리고 자신의 성정체성을 의심하게 된다. 로즈는 점점 멀어지는 샘이 불안해지고, 자영 역시 샘에 대한 마음 때문에 괴로워진다.

금수전정 錦繡前程: Long And Winding Road
감독: 진가상 출연: 장국영, 양가휘, 관지림

양로원에서 일하는 아생(양가휘). 사장의 총애를 받는 샐러리맨 임초영(장국영). 둘은 친한 친구 사이다. 어느 날 임초영의 사장이 아생의 양로원을 사들이라고 임초영에게 명령한다. 이 일로 인해서 아생과 임초영의 우정에 금이 간다.

기득향초성숙시2 記得香蕉成熟時II: Over The Rainbow Under The Skirt
감독: 마위호 출연: 등일군, 동애령, 유청운

장국영은 장국영 본인 역으로 특별출연

동사서독 東邪西毒: Ashes Of Time
감독: 왕가위 출연: 장국영, 임청하, 양조위, 장학우, 양가휘, 유가령, 양채니

구양봉(장국영)은 젊은 시절 사랑하는 여인(장만옥)을 버리고 무사의 길을 선택했다. 결국 그녀는 그의 형과 결혼했다. 이후 그는 홀로 사막에 여관을 짓고 청부살인을 사주하는 중개인으로 살고 있다. 그의 여관에 복사꽃이 필 때마다 술을 들고 찾아오는 황약사(양가휘), 황약사에게 상처 받은 모룡연(임청하), 시력을 잃어가는 검객(양조위), 동생의 복수를 위해 살인 청부를 하고 싶지만 가난한 처녀(양채니), 아내를 데리고 다니는 무사 홍칠(장학우)이 찾아온다.

금옥만당 金玉滿堂: Chinese Feast
감독: 서극   출연: 장국영, 원영의, 조문탁, 종진도

조직 생활을 정리한 조항생(장국영)은 캐나다로 이민을 가기 위해 요리사 자격증을 따려고 하지만 번번히 실패한다. 그러나 일류 요리사 용곤보(조문탁)의 소개로 레스토랑 '만한루'에 견습생으로 들어간다. 요식업계 거물인 황영은 만한루의 주인 구조풍에게 대결을 제안한다. 그러나 종업원들의 배신을 알고 구조풍은 충격으로 쓰러진다. 조항생과 구조풍의 딸, 구가혜는 아버지를 돕기 위해 몇 년 전 종적을 감춘 요리사 요걸(종진도)을 찾아나선다.

야반가성 夜半歌聲: The Phantom Lover
감독: 우인태   출연: 장국영, 오천련

명배우 송단평(장국영)은 '로미오와 줄리엣'으로 큰 인기를 얻는다. 그는 북경 최고 부잣집 딸인 운언(오천련)과 서로 깊게 사랑하는 사이다. 운언의 아버지 두법산은 딸을 조씨 집안의 아들에게 시집 보내려 하지만 단평의 존재가 방해가 된다. 조씨 부자는 단평을 극장에 가두고 불을 지른다. 10년 후 젊은 가수 위청은 망토로 얼굴을 가린 단평을 만나게 된다. 단평은 공연을 성공시키고 싶다면 '로미오와 줄리엣'을 무대에 올리라며 대본을 건넨다.

1996

대삼원 大三元: Tristar
감독: 서극   출연: 장국영, 원영의, 유청운

순수하고 신실한 젊은 신부 홍중(장국영). 어느 날 고리대금업자에게 쫓기는 창녀 백초화(원영의)를 만나게 된다. 홍중은 그녀를 돕는 일이 하늘의 뜻이라 여기고, 그녀의 집으로 찾아간다. 홍중의 진심어린 태도에 백초화와 그녀의 동료들은 감화되고 삶이 조금씩 바뀐다.

풍월 風月: Temptress Moon
감독: 첸 카이거   출연: 장국영, 공리

충량(장국영)은 시집간 누이가 있는 팡가에서 살게 된다. 그러나 아편 중독자인 매형에게 학대를 당하고, 충량은 매형의 아편에 비상을 넣은 뒤 집을 떠난다. 수년 후 충량은 상해

마피아 조직의 일원으로 부잣집 아녀자들을 유혹한 후 돈을 뜯어내는 지골로로 성장한다. 조직은 충량을 팡가로 보내 젊은 후계자 류이(공리)를 유혹하라는 명을 내린다. 순수한 류이에게 마음이 끌리는 충량. 그러나 그는 어린 시절의 상처로 인해 쉽게 그녀를 받아들이지 못한다.

상해탄 新上海灘: Shanghai Grand
감독: 반문걸   출연: 장국영, 유덕화, 영정, 정우성

허문강(장국영)은 독립운동을 하다 붙잡히나 탈출에 성공한다. 해변에 쓰러져 있던 허문강을 정력(유덕화)이 구해주면서 두 사람의 우정이 시작된다. 허문강과 정력은 힘을 합쳐 상해 암흑가에서 세력을 키워간다. 그러나 둘 사이에 한 여인이 끼어들면서 우정이 흔들리기 시작한다. 정력은 대부호의 딸 정정(영정)을 흠모하지만 이미 그녀는 허문강과 연인 사이였던 것이다.

색정남녀 色情男女: Viva Erotica
감독: 이동승, 나지량   출연: 장국영, 서기, 막문위

두 편의 영화를 실패한 무명 감독 아성(장국영)에게 영화 제안이 들어온다. 기쁜 마음도 잠시 제작사에서 요구하는 건 에로영화를 만들라는 것. 아성은 어쩔 수 없이 제안을 받아들인다. 그러나 제작사에서 발탁한 여배우 몽교(서기)의 연기력이 형편없고, 스텝과도 사사건건 부딪힌다. 악조건 속에서 촬영이 진행되는 가운데 아성과 몽교, 스텝들은 서로 마음을 나누게 된다.

1997 해피 투게더 春光乍洩: Happy Together
감독: 왕가위   출연: 장국영, 양조위, 장진

바람둥이 기질이 다분한 보영(장국영)과 성실하고 사람 좋은 아휘(양조위)는 헤어졌다 다시 만나기를 반복하는 연인 사이다. 둘은 함께 이구아수 폭포를 보러 가던 길에 크게 싸우고 헤어진다. 그러나 보영은 다시 아휘의 주위를 맴돌고, 아휘는 모른 척하거나 화를 낸다. 그러나 손을 다치고 자신을 찾아온 보영을 내쫓지 못하고 결국 받아준다.

금지옥엽2 金枝玉葉二: Who's The Man, Who's The Woman
감독: 진가신   출연: 장국영, 원영의, 매염방

인기 작곡가인 샘(장국영)과 남장 가수 자영(원영의), 자영의 친구는 샘의 집에서 동거를 시작한다. 샘은 자신과 너무나 다른 자영의 생활패턴에 고민한다. 그러던 어느 날 샘의 맨션에 유명 스타인 방염매(매염방)가 이사를 오면서 셋의 관계가 복잡하게 얽힌다.

가유희사1997 97 家有喜事: All's Well, End's Well '97
감독: 장견정   출연: 주성치, 오천련

장국영은 특별출연한다.

1998

구성보희 九星報喜: Ninth Happiness
감독: 고지삼   출연: 장국영, 오천련

삼형제와 두 자매가 얽히면서 벌어지는 코믹 뮤지컬 영화. 장국영은 삼형제의 막내 마인장(장국영)으로 출연한다. 극중 자신의 노래인 '紅'을 패러디해서 부르기도 한다.

친니친니 安娜瑪德蓮娜: Anna Magdalena
감독: 해중문   출연: 금성무, 진혜림, 곽부성, 원영의

장국영은 출판사 편집장 역으로 특별출연한다. 소설 쓰기를 고민하는 작가(원영의)에게 찰스 디킨즈의 《두 도시 이야기》야말로 최고의 멜로드라마라고 얘기한다.

타임 투 리멤버 紅色戀人: A Time To Remember
감독: 엽대응   출연: 장국영, 매정

공산당 지하당원인 진(장국영)은 전쟁에서 부상을 입게 되고, 그 후유증에 시달린다. 진의 연인 큐큐(매정)은 미국인 의사 로버트 페인을 찾아가 도움을 청한다. 페인은 역사의 소용돌이 속에서 진과 큐큐의 불행한 삶을 목격하게 된다.

1999

성월동화 星月童話: Moonlight Express
감독: 이인항　출연: 장국영, 도키와 다카코, 키키

홍콩의 일류 호텔 매니저인 다츠야(장국영)의 약혼녀 히토미(다카코 토키와)는 홍콩에서의 결혼생활을 준비하기 위해 광동어 학원을 다닌다. 어느날 수업을 마친 히토미를 마중나온 다츠야의 차가 사고를 당하여 다츠야는 죽고, 히토미만 살아 남는다. 수개월 후 홍콩을 혼자 방문한 히토미 다츠야와 똑같은 얼굴의 홍콩경찰 가보(장국영)를 만나게 된다.

유성어 流星語: The Kid
감독: 장지량　출연: 장국영, 적룡, 기기

주가 폭락으로 빈털터리가 된 증권 매니저 영(장국영)은 호화 보트에 버려진 갓난아이를 발견하고 키우게 된다. 4년이 지나 영과 아이는 가난하지만 행복하게 살아간다. 아이를 버렸던 엄마 소군은 버림 받은 아이들을 위한 자선사업을 하며 죄책감을 떨쳐버리려 애쓴다. 찰리 채플린의 〈키드〉를 모티브로 만든 영화

2000

창왕(스피드 4초) 鎗王: Double Tap
감독: 나지량　출연: 장국영, 방중신, 황탁령

릭(장국영)은 사격대회를 휩쓰는 명사수였다. 그러나 교통사고를 당한 후로 집에서 총기개조를 하면서 지낸다. 릭은 경찰 아묘(방중신)와 사격대회에서 실력을 겨루게 된다. 갑자기 한 경관이 대회장에 들이닥쳐 총기를 난사하며 자살소동을 벌이자, 릭은 그를 막기 위해 총구를 겨눈다.

성월동화2 戀戰沖繩: Okinawa Rendez-Vous
감독: 진가상　출연: 장국영, 왕비, 양가휘

지미(장국영)는 은행 금고에서 일본 범죄조직 보스 사토의 비밀이 담긴 일기를 훔친다. 지미는 이것을 미끼로 협박을 한다. 사토는 거액을 건네려 하지만 그의 정부 제니(왕비)가 돈가방을 훔쳐 오키나와로 달아난다. 한편, 우연히 오키나와에 휴가를 온 홍콩경찰 닷(양가휘)이 이들 사이에 끼어들게 된다.

연비연멸 煙飛煙滅: From Ashes To Ashes

감독: 장국영　　출연: 장국영, 매염방, 왕리훙, 막문위

금연을 주제로 만든 장국영의 첫 연출작.

2002

이도공간 異度空間: Inner Senses

감독: 나지량　　출연: 장국영, 임가흔

얀(임가흔)은 이사를 온 날부터 귀신을 보기 시작한다. 그녀는 결국 정신과 의사 짐(장국영)을 찾아간다. 짐은 귀신이나 영혼을 믿지 않는 사람이다. 그는 얀이 불안한 정신상태에서 스스로 만들어낸 망상이라고 생각한다. 얀은 점점 공포에서 벗어나지만 이번에는 반대로 짐이 원혼을 보기 시작한다. 장국영의 유작

그 시절 우리가 사랑했던 장국영